一间属于
自己的房间

A Room
of
One's Own

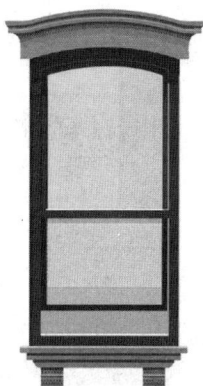

Virginia Woolf

【英】维吉尼亚·伍尔夫◎著

范冬梅◎译

辽宁人民出版社

图书在版编目（CIP）数据

一间属于自己的房间 ／（英）维吉尼亚·伍尔夫著；
范冬梅译 . — 沈阳 ：辽宁人民出版社，2024.6
ISBN 978-7-205-11083-3

Ⅰ．①一… Ⅱ．①维… ②范… Ⅲ．①随笔－作品集
－英国－现代 Ⅳ．① I561.65

中国国家版本馆 CIP 数据核字（2024）第 065523 号

出版发行：辽宁人民出版社
地址：沈阳市和平区十一纬路25号　邮编：110003
电话：024-23284191（发行部）　024-23284304（办公室）
http://www.lnpph.com.cn

印　　　刷：三河市九洲财鑫印刷有限公司
幅面尺寸：145mm×210mm
印　　张：8
字　　数：159千字
出版时间：2024年6月第1版
印刷时间：2024年6月第1次印刷
责任编辑：孙姣娇
封面设计：胡椒书衣
版式设计：李梓祎
责任校对：吴艳杰
书　　号：ISBN 978-7-205-11083-3
定　　价：58.00元

目录

一间属于
自己的房间

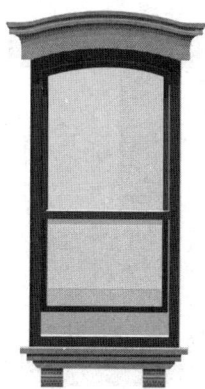

一

我们在此要探讨的主题是女性和小说的关系，大家心里可能会产生一丝疑问，我一开始为什么会提到"房间"呢？

大家且听我细细道来。

我接到这一邀请——"女性和小说"的话题——后便坐在小河岸边一直思考什么是"女性"，什么是"小说"。在此之前，我先要夸一下勃朗特姐妹，多谈谈简·奥斯汀、盖斯凯尔夫人，评一评范妮·伯尼写的作品，简单描述一下海沃斯牧师的雪中之家，或许还可以笑谈米特福德小姐摘录的几个片段来引入乔治·爱略特，这样大抵上就可以结束了。不过几经思索之后，我便感觉这些词汇绝非表面上看起来这么简单。

女性和小说，也许这个话题是与女性相关的，但其实他们原本的意思应该是希望我聊一聊究竟何谓女性，或是女作家和作品，又或是女性题材的小说。不过，或许大家更希望我这三方面都想提及，最终融汇成一个范围更大的论题，不用真正地区分开。

我站在这个角度思考了一番，而后觉得其中潜藏着许多趣味性，只是有一个不可忽视的缺点：我根本无法对上述这些内容作出总结。在我看来，一个合格的演讲人应该能在演讲结束后的一个钟头之内创造出一段至理名言，而那些话是可以让听众记在本子上，传给后人阅读的，可是，我目前还无法成为这样的演讲人。

我唯一能做的就是针对一个小问题，提出自己的些许想法。

如此这般，大家就能意识到，很多问题其实一直都没有答案，比如小说的意义、女性的天性之类。我人微言轻，还没有能力就此发表定论，但我个人觉得这些论题到目前为止都是无解的。

然而，我还是会努力向大家说清楚我的观点，它与"钱和房间"有关，我还会详细地讲述自己得出这一观点的心路历程，也算是对各位的一点弥补。我要是能够将这个主题下的各种意见与偏见都阐述明白，那么大家自然就会看到，它与女性、与小说都是紧密相关的。

不管怎样，任何人都不会在极具争议的话题——与性别有关的所有问题——上揭露唯一的真相。我们可以做的就是诚实地讲述自己的观点是怎样的以及它是如何形成的。我们能给听者提供的可能性就是让他们在听过了我们的经历、想法、喜好之后自己去思索，去寻找答案。

在这样的情形下，小说中所包含的真相远多于事实。故而，我作为一个小说家，应该好好利用手中的特权和自由，跟大家分享一些我前两天遇到的事。我在接到了这个分量极重的议题的邀请后，便一直在思索，哪怕是在吃饭，哪怕是躺在床上。不多说了，我马上要讲述的场景都是我想象出来的：芬汉姆学院也好、牛桥也罢，抑或是"我"，都只是个称呼罢了，图个方便，不针对谁。

我说的话里确实有些许夸张成分，但也包含了一部分真相，这就得请各位自己去发掘并思考了，想想这些真相是不是值得你们记录。若是觉得它们都是毫无用处之言，也大可将其抛到九霄云外去。

我们先来看看一两周前的我，你们可以叫我玛丽·卡米克尔、玛丽·西顿、玛丽·伯顿……大家随意。

人间十月，天气正好，我来到河边坐下，静心沉思。"女性和小说"是一个可能会引出诸多偏见、可能会滋生出激烈心绪，又亟待我作出总结的话题，它让我觉得身负千斤，难以喘息。

我只觉得身旁两侧的灌木丛散发着金红色的光芒，就像是在燃烧一般；而对面则是一棵杨柳，柳枝垂垂，似乎是在默哀。天空倒映在河中，河上的那座桥、河边的红色树叶也都投映在河面上，每当有大学生泛舟而过，那一幕幕倒影就会被打碎，不过它们很快就会重归平静，恢复如初，真的是人过了无痕。

我便这么坐着，一直思考着，从日出想到了日落。

　　说是思考，或许有些夸大了，我只是把思绪的线丢到了水里。时间一分一秒地过去，那条线便这么静静地垂着，随着水流沉浮，突然间这条线被扯了一下，就像大家熟知的那样，微微一动。我连忙将线收起来，极为小心，将那一点点想法慢慢钓了起来，然后再慢慢将其摊在草坪上，而我方才发现自己的这点想法原来这么渺小，仿佛是一条会被经验丰富的渔夫放回河里，等养肥了之后再钓上来吃的小鱼。我不打算在此时将这一想法告诉大家，让大家费心去思考。不过，只要各位仔细听，那么一定会在之后的演讲中找到与之相关的线索。

　　当然，无论这个想法有多小，它还是不可否认地夹杂着一丝神秘色彩——它一出现在脑海中，我就会感到兴奋无比，并认为它意义非凡。它有时在天上飞翔，有时沉入河中漂游，神出鬼没，摇曳出思维的波澜，让人坐立难安，无法平静。

　　因此，我连忙起身，急速向前走去，不经意地走进了一片绿地。就在这个时候，一名男子突然冲出来站在我面前，我无法再往前走了。我一下愣住，怔怔地看着眼前的男子：穿着一件正装的衬衫，套了一件圆摆的外套，举止怪异，又气又怕的样子，还不停地对着我比画着手势。

　　电光石火之间，我领悟了，但依靠的不是理性，而是本能：

　　面前的人是学监，我只是个女人；

　　我脚下踩着的是草坪，而人行道在另一端；

　　这片草坪，除了学者和研究员之外，他人是不能进入的；

　　我应该走那条石子路。

　　我几乎是在一两秒钟内想到了这些，便走回石子路，直到此时，学监才放下了手臂，表情逐渐恢复成了正常的样子。石子路虽然没有草坪走起来方便，但是也不会损伤到身体。饶是如此，无论这些学者和研究员来自哪里，我只想抱怨一句，因为他们要维护这块已存在了三个世纪的草坪，所以就轻易吓走了我的小鱼，我再也找不回来它了。

　　如今的我早已忘了那时候的我到底在想什么，以至于会毫无顾忌地踏入那片"禁区"。　和睦之气如云朵般从天而降，若是真的可以停在某个地方某个时刻，那么肯定就是十月间的一日之晨，牛桥大学的某个院子。这里四四方方的，中间有一条历史悠久的走廊，走廊很长，贯穿了学院，将这里的现代气息抹去了。我感觉自己正站在一个玻璃做成的柜子中，它将世界的纷扰之声全部隔离在柜外，只要我不再走进那片草坪，我就可以心无旁骛地思考，就可以和此情此景融为一体，沉入此片思想之海。

　　我于无意之间想到了一篇散文，它的作者是查尔斯·兰姆——萨克雷曾经举着他的来信呼唤他为"圣查尔斯"。那篇散文是查尔斯·兰姆在一次长假中游历牛桥时所写的。我的思绪有些跳跃，所以我打算想到什么就说什么了。查尔斯·兰姆虽然已经离世，但他确实是最为平易近人的一位前辈作家，大家跟他在一起的时候经常会请教他如何创作出优秀的散文。查尔斯·兰姆的散文功底远胜于马克斯·比尔博姆，究其原因，他的想法天马行空，不落于俗套；在他的文字间，你我可以感受到他的天赋极高；他文笔犀利，或许这会给文章稍稍减分，但瑕不掩瑜，那些文章从来都是天空中的璀璨星子，充满了诗情画意。

大概是在一个世纪之前，兰姆来到牛桥，并在这里写下了一篇散文，只是我想不起散文的名字了。他在散文里提到曾在牛桥读过弥尔顿的《黎西达斯》的手稿。兰姆曾说《黎西达斯》原稿中的词句与现在流传的不太一样，而且原稿让他感触极深。兰姆甚至觉得，即便只是想到弥尔顿修改了原稿中的某个字，也是一种辱没。于是我努力回想着《黎西达斯》，猜测其中哪个部分是被修改过的，又是为何被修改了。这对于我来说也是其乐无穷。

我忽而又有了别的想法，其实兰姆之前见到的手稿离我并不遥远，也就是百米的距离而已。换言之，我现在就能按照兰姆的路线走过院子，到那个闻名海外、珍宝无数的图书馆里看看。

思及此处，我打算马上去一趟图书馆，同时又记起那里面还有萨克雷所写的《艾斯芒德》的手稿。许多评论家都说《艾斯芒德》是萨克雷笔下最杰出的作品。不过，如果我记得没错，《艾斯芒德》的文笔十分造作，一读就知道作者是在故意模仿18 世纪的写作手法，实际上，那是会阻碍创作的，当然，可能萨克雷觉得那么写很轻松自然。我要是可以亲眼看到萨克雷的手稿，也许就能判断萨克雷这么做是为了追求文风还是为了丰富内涵了。

不过，要是想要证明这点得先确定什么是内涵、什么是风格。而此刻，我也来到了图书馆门前。

我肯定是推开了那扇门的，因为那时候我在入口处看见了一个人影，像是个守护者。只是，那人穿着一身黑长袍，背上也没有洁白的天使翅膀；他一头白发，看起来很是和蔼；他随意地抬起了手，挥了挥，阻止我前行，然后轻声说："女士若是想进去，除非有介绍信，或是学院的研究员陪伴才行。"

身为女子，我不由得开始咒骂这类图书馆，但是这并不会影响它的显赫名声。于他人而言，这座图书馆依旧是他们所仰望之处，能让人感到心安，而且是神圣不可侵犯的。它就这么安然地伫立于此，骄傲依旧。但我却觉得，它只能就此永恒地沉睡下去了。我带着满腔怒气踩着台阶离开，下定决心：此后，我绝对不会再踏足此处，也绝不会再奢求这里会对我有什么特别对待。

一个钟头之后才到午饭时间，那我现在应该干什么呢？是继续去河边坐着，还是去草坪上走走？毕竟这天风和日丽，温度正好，风将树上的叶子带下铺了一地落红，无论是闲逛还是休息都很适宜。

我听到远处有音乐声响起，应该是礼佛之音或庆典之乐。我路过小教堂的时候，管风琴的声响从里面传了出来，如泣如诉，缠绵悱恻。周围一片寂静，那声音被包裹在其中，衬得基督教教徒们的哀悼似是在感怀什么，而不是真的哀伤。

就算现在可以进去，我也绝不会再踏入了，更何况，我认为教堂的管事也不会放我进去的，除非我有主教写的介绍信，或者能拿出受洗的证明。其实，只要站在这些大型建筑外面，便能想象出里面的华丽，而看着门口这些来来往往、神色匆忙的教徒，也是别有一番意趣。那些人穿着一身长袍，戴着帽子，或披着一条毛皮做的披肩，或坐在轮椅上被身后的人推着走。其中也有神色颓唐、相貌奇特的青年人，就像我在水族馆的沙滩上所看见的那些用力前行的螯虾和螃蟹。我半倚着墙，感觉自己所在的这所学校像是一个避风港，它将所有物种都收入麾下。如果把这些人放到斯特兰德周边去，让他们自力更生，只怕没过多久他们就会被淘汰了。

值此瞬间，我想起了那些年迈学者的往事。听说有位老教授每每听见口哨声便会疯跑起来，可惜我没有胆子吹口哨。那些满怀敬畏之心的教徒已经走进了教堂，我只能看到外墙了。就像大家所看见的那样，这里高耸的尖塔和穹顶犹如漂泊于海面的船只，用那微弱的光芒照亮着黑暗，但却难以到达彼岸，而远处的山峦依稀可见。

我们可以想象，这座小教堂、这片修剪整齐的草坪、这些富丽堂皇的建筑、这一整个四方庭院，曾经都只是莽荒湿地，上面长满了杂草，时常会有野猪出没觅食。一定是工人们驾着牛车马车，在远处的乡下将石头运过来，然后开荒修建，呕心沥血之下才将这里变作如今的模样，让我如今可以得其庇护；然后，绘画家们在窗户上的窗框里安上彩色的玻璃；装修工人们拿着铁锹水泥将这些穹顶墙壁全部修葺好。到了周六，便会有人拿着皮革钱袋来到这里，给那些生活在遥远过去的匠人发放金币银币，让他们可以买些酒喝，玩一通宵的九柱戏。

我猜，为了修建这座庭院，一定耗费了不少钱，不然工人们怎么会愿意每天辛勤劳作，去填沼泽、挖沟渠、修地道呢？更何况当时的人们皆有信仰，在这里一掷千金打好建筑基础后，上自国王王后，下至群臣亲王，皆捐赠了诸多钱财来建造，让这里可以奏响圣歌、传授知识。随着土地被分赏下去、随着税务逐渐缴清，人们的信仰也逐渐消失，理智重新占据了上风，但是这并不会影响到这里的经济来源。虽然现在已经没有了王公贵族们的慷慨解囊，但学校依旧设立了不菲的奖学金以支持老师授课，支持学生做研究。这些钱来自商界大亨以及在制造业赚得盆满钵满的工厂主们，他们也都是从这所学校出去的，并且在这里学有所长，所以他们纷纷在遗嘱中表明将捐赠一大笔资金来修建学校，培养人才。

在这种情况下，这荒废了百余年的地方成了现在的学校，这里面有天文台、实验室、图书馆，有各种精密且价格不菲的仪器。在这庭院中闲逛的时候，我感觉到了用真金白银砸出来的地基有多坚固。供人通行的道路建在野草间。楼梯间人来人往，那些男人来也匆匆去也匆匆。外侧的窗台上放着花篮，托着盛开的花朵，留声机缓缓响起，乐声从里面飘了出来。我无法不思考，当然，无论我此刻有何想法都得先停一停了，因为午饭的钟声已响起，提醒着我该吃饭了。

有件事情很值得寻味：在小说中，作者总是将共进午餐的景象刻画得生动有趣，席间有人巧舌如簧、能言善道；有人每个动作都意味深长。为了不落俗套，作家们在写作时似乎都鲜少描写席面上的菜肴，这感觉就像是那桌上的鲑鱼、鸭肉与鲜汤等都无足轻重，没有人喝酒，也没有人抽雪茄。

此刻，我不打算再沿袭这种特点，所以我会直接告诉各位午餐的菜品。主菜是龙利鱼，装在一个大盘子里面，鱼身上淋着纯白色的奶油，隐约可以看到褐色的鱼皮，看上去倒像是小鹿身侧的斑驳小点；然后是鹧鸪，不过厨师并不是单纯把鹧鸪烤好放在盘子里，而是配上了沙拉、蘸酱，有甜口和辣口，并排在一起；配菜则是薄薄的土豆片、鲜嫩的菜心，看上去鲜美多汁。在享用完这道菜后，等在旁边的侍应生便会把甜品端上来，实际上这件事基本是刚刚拦路的学监在做的，但是他做这些事情的时候表情十分和善。甜品用白色的餐巾包着，上面撒满了糖霜。我不能说这个甜品就是布丁，因为这样容易让大家觉得它就是木薯粉和米做成的，实在是有些对不起这道甜品。

午餐桌上的酒杯里盛着淡黄或绯红的酒，喝下又斟满，觥筹交错，好不快意。随着酒意渐起，我们觉得灵魂的驻地——脊背正中——都燃烧了起来，这并非明晃晃的电光石火，而是大家交流聊天间迸发的火花，那是智慧碰撞时所发出的更深刻、更微妙、更明亮的金光。

没有慌张，没有火花四射，不用做别人，做自己就好。

大家最终都会去往天堂，最后都会见到凡·戴克，换言之，也就是说，我们只用拿着一根烟，坐在飘窗的垫子上，看着窗外，生活便能好起来，得到最好的回报；我们也会找到志向相投的好友，这就更美妙了。我们埋怨的那些事情看上去似乎都是小事，不必放在心上。

如果当时比较幸运，身边还有一个烟灰缸的话，那就不用把烟灰掸到窗户外边去了。如果事实并非完全如此，我或许就看不到窗外的种种了，比方说那只无尾猫。

这个没有尾巴的小家伙进入了我的视线范围，我的心突然被其触动，当下的心境也大为不同。我那时只觉得遮光的窗帘被放了下来，微醺的酒意也渐渐消退。这是很明显的怅然若失之感，似乎有什么在改变。没有尾巴的曼岛猫站在草坪正中间，似乎在向天地询问着什么。我则是一边跟人闲聊，一边扪心自问，什么东西消失了？什么东西改变了？

我想知道这些问题的答案，所以便开始想象自己离开这里，回到了战争还没有开始之前，我站在另外一场午宴上，这场宴会和之前的大不相同，细节更是天差地别。

在我的想象中，午宴上的客人多数都是年轻人，俊男美女，推杯交盏，谈笑风生。

我又在想，如果将此时此刻众人聊天的场景放在战争前的那场午宴上做一个对比，我一定会认为此刻只是过去的延伸延展，毫无变化，一切照旧。无非就是我站在这儿仔细去听也听不见他们讨论的细节，只能听到那些低语呢喃，这大概是最大的不同了。

在战争开始前的午宴上，大家谈到的话题与现在应该差不多，只是当时的人们说话时的声音都很低沉。虽然听不太清，但随着音乐声响起，会让人激动不已。谈话的价值也发生了改变。

如果有诗人帮忙，应该可以为这些低语配上一首诗歌。我随手翻了一下身边的书，正好看到了丁尼生的诗，所以感觉恰是他在低声吟诵：

一滴明亮的泪落下来

从门口绽放的西番莲上

她来了，我的爱，我爱的人

她来了，我的生命，我的命中注定

红色的玫瑰喊着，"来了，她来了。"

白色的玫瑰抽泣着，"她迟到了。"

飞燕草认真听着，"听到了，我听到了。"

百合花轻声呢喃，"我在等候。"

在战前的午宴上，男人们是这么吟诵的吗？那么，女人们呢？

我心好似歌唱之鸟

在河畔枝头筑巢休憩

我心好似苹果树

枝条因累累硕果弯了腰

我心好似多彩的贝壳

在静静的海中起伏不定

我心的欢愉胜过了这一切

只因我爱的人正将来到我身旁

在战前的午宴上，女人们是这么吟诵的吗？

我脑海里浮现出大家在以前的宴席间低声吟诵这首诗歌的场景，深感有趣，不由得笑了出来。为了掩饰，我只好指着那只站在草坪上的猫，让人以为我是被它逗笑了，毕竟它缺少尾巴这件事实在是有些滑稽。这只曼岛猫是后天弄没了尾巴还是先天就没有呢？也曾有传言说曼岛上确实存在生而无尾的猫，可是这种猫的数量肯定没有大众猜测的那样多。它们模样怪异，并不美丽。

众所周知，人们在茶余饭后准备穿衣戴帽的时候经常会说："不过只是猫的尾巴，但是长了和没长区别特别大。"实在是很神奇。

因为主人的热情招待，人们直到日暮西垂才散去。10月的黄昏也别有一番风味，秋风将林荫小道两侧树上的叶子吹落，我走在其中，便觉得身后有一扇扇大门关上，轻柔却决然。一大群学监将一大把钥匙插进已经润滑过的锁孔中，这可以保证那些珍宝安全地度过一晚上。

在这条道路的尽头是一条被我忘却了名字的街道。如果走对方向，便可以从这里去到芬汉姆学院。但是，眼下距离七点半开始的晚宴还有一段时间，不必着急，而且在享受了之前的午宴之后，我也很满足了，晚饭也可以不吃的。

可不知为何，我心中一直想着之前的几句诗，边念边走，连脚步都踩着它的节奏：

一滴明亮的泪落下来

从门口绽放的西番莲上

她来了，我的爱，我爱的人

这首诗就像是刻进了我的骨血里一般，我加快了步伐，往海丁利那边走去。走到堤堰旁时，水花拍打在岸边，我便换了节拍：

我心好似歌唱之鸟

在河畔枝头筑巢休憩

我心好似苹果树

……

我大声称赞着，跟大家常会在夜色中放声呐喊一样："多了不起的诗人呀！他们都是那样的伟大！"

我知道把现在和过去做对比是很不合理也不明智的做法，但我依旧忍不住羡慕曾经的那个时代。我又平心静气地思考了一会儿，现世又有谁可以比肩那些年的克里斯蒂娜·罗塞蒂和丁尼生呢？

自然是没有这样的人的，谁都不能和他们一较高下，我看着水花飞溅的河流如是想到。当年他们创造的诗歌能够给予人力量，令人感同身受，因为其中表述、赞美的就是当时人们的感受，或许就是战争开始之前的午宴上大家的情感。只有这样的诗歌，这样的情感才是通俗易懂、贴近读者的，它们在任何一个时代都不必被用来和当下的情感做对比。反观现在，诗人们所写的诗歌虽然是现实中所萌发的感情，但又是与群众相背离的。

大家在阅读的时候无法一下就读懂诗歌之情，而且还会因为一些问题不敢去直面这些感情背后的现实。大家会疯狂地关注、羡慕这些情感，然后将它们和自己所了解的过往的情绪做比较。因此，现代诗不易读懂，大家对于这些诗歌最多也只能背下来一两行，即使这首诗是当下最厉害的诗人所写。我也是这些人其中之一，所以我的一些看法没有现实案例做支撑，从而变得无趣。

我没有停下脚步，我忍不住问自己：为何在刚才的午宴中，没有人再轻声吟诵诗歌了呢？为何没有阿尔弗雷德了呢？

她来了，我的爱，我爱的人；

克里斯蒂娜为何不作声？

我心的欢愉喜悦胜过了这一切，

只因我爱的人正将来到我身旁。

这一切都是因为战争吗？在1914年8月的一天，一声枪响过后，在男男女女的眼神里，在所有人的脸上是否都清楚地刻画着那句话：浪漫已经被扼杀？这一场烽火，照亮了君主们的丑陋嘴脸和龌龊心思，所有人都为之惊讶，特别是那些从小学习知识并向往浪漫的女子。这些上位者，无论是来自法国、英国，还是来自德国，都无一例外，蠢笨愚昧。

可不管因为什么人、什么时间、什么地方，曾经让克里斯蒂娜·罗塞蒂、丁尼生为之疯狂的感情，曾经因为迎接心上人而纵情歌唱的浪漫梦想，如今都已快消失殆尽了。我们唯有通过文字去感受、回味。

　　为何要这么说呢？若是那些梦想都只是虚妄，为什么不直接去称赞这次不知道应该怎么命名的战争呢？明明是它让大家打破虚妄，回归现实。毕竟事情的真相是……我用省略号来指代了那个位置，就是因为我在那里思考事实而走错了路，没法去往芬汉姆学院了。

　　毫无疑问，我依旧在问自己：什么是虚妄的假象、什么是真正的事实？比如，什么才是那些人家本真的模样？是早上太阳初生之时，阳光照亮地上凌乱的鞋带、零食所显示出来的邋遢混乱？或是黄昏日暮时分，落日余晖洒在窗户上，映出一片红色，显示出的梦幻热闹？抑或是说此时笼罩在夜雾中的依依杨柳、涓涓溪水和岸边暗淡无光的花圃？但是明日红日高照后，这里又会是光明璀璨之景。

　　我先不提我在思考时经历过的各种迷乱，免得诸位跟着我费神。总之我在这段路途中并未想出任何答案。大家可以想象一下当时的情景，我察觉到自己走岔了后连忙返回，最终还是找到了正确的方向，去往芬汉姆学院。

　　我之前也提到过，现在正是 10 月份，所以我不会做出不顾节气，故意去描述岸边花园墙上盛开着郁金香、丁香花这些只在春日里盛放的花朵这样前后矛盾的事情。不然，我便对不起各位对我的尊重，也会辱没了小说的美名。我认为小说来源于生活，只有以事实为基础才能写出好的作品，我相信大多数人对此也是赞同的。

所以，现在还是落叶纷纷的 10 月秋，街边景色并无特别之处，唯一的不同大概是枯叶掉落的速度加快了。现在是晚上 7 点 23 分，夜色已然降临，刮起了西南风。总归是有与众不同的事情正在发生：

我心好似歌唱之鸟

在河畔枝头筑巢休憩

我心好似苹果树

枝条因累累硕果弯了腰

……

我的脑海中又出现了一个假象，这应该是受到了克里斯蒂娜·罗塞蒂的诗歌的影响。我似乎看到在花园墙上的丁香花随风摇曳，花粉散落在空气中，彩色的蝴蝶绕着花朵飞舞。微风拂过，嫩绿的叶子轻轻摇晃，泛着银灰色的光芒。在日夜交接之时，所有的色彩看上去都有些压抑，玻璃窗折射出金色、红色和深紫色，看上去是那样的浓郁强烈，似是快要按捺不住的喜悦之情。

刹那间我感受到了一种难以描述的凡尘之美，但它转瞬即逝，而我就在此刻走进了花园。门没有关，应该是看守园子的人疏忽了，而且现在周围也没有学监巡逻。那种转瞬即逝的美妙就像是一把双刃剑，穿插于悲喜之间，刺碎了众多人的心。

我看到在春天的朝阳的照射之下，芬汉姆学院的广阔花园生机盎然，趣味十足。芒草高立，水仙蓝铃生长在其间，是一道美丽的点缀。或许，这是它们最美丽的时期，但它们依旧是自由生长，不受拘束的，而此时，秋风萧瑟，没有了花朵的根茎就更加肆无忌惮地生长着。教学楼上的窗户看着就像是船窗，在一面红色的砖墙上错落有致。春日间，白云随风飘动，在玻璃上留下或黄或白的一道道光影。

吊床上有人躺着；草丛间有人跑着。为什么没人去阻止呢？在天光云影间，这些人似乎也是幻象，只是人们自己虚构出来；却又似乎是真实存在，有人亲眼所见一般。露台上也有人在，她虽然穿着破旧，但是前额饱满，正探身观望花园，似乎是要感受一下外面的清新空气，她又微微向前探出了些，看上去很是谦逊，却又让人生出敬畏之情。她就是举世闻名的大学者J.H吗？

这些看着很是平淡无光，但似乎又很与众不同。夕阳余晖为这片花园披上了一层薄薄的纱幔，星星的光辉则化为一把锋利的剑将它割碎。尚在春景中的心里生出了令人生畏的现实，寒光乍现，那是为了青春……

此时，汤端了上来，是肉汤，极为普通。汤水极为清淡，没有加任何美味的配料。我看了看面前的这碗汤，可惜汤碗是纯色，碗底没有雕花纹路，不然也是能看见的。晚餐餐厅是比较宽敞的。实际上，现在依旧是10月份，没有春色春景。坐在餐厅里的人都准备开始享用自己的晚餐了。

接下来端上的菜是最为常见的牛肉、土豆、青菜，一看见这些便会想到耷拉着的菜叶、牛的后臀肉、浑浊的菜汤，还能联想到女人一大早就拎着编织袋去菜市场和菜贩子们讲价的模样。对于这些菜品，我是不该挑剔的，毕竟我现在还能三餐吃饱，不为五斗米操心，而挖煤挖矿的那些工人甚至连这样的菜色都吃不到。

甜点是蛋奶糕和梅干。如果有人埋怨这蛋奶糕不够松软，梅子连水果都算不上，也不配作为饭桌上的菜品，梅子有很多纤维，汁水极少，就像是那些吝啬财主的心，干瘪至极，那一点点汁水就是他们身体里的血，不舍得花钱吃好的、穿好的，也不愿意去帮助穷人，那这人就应该反思一下，这世上总有人善良仁厚，对于梅干也会欣然接受。最后来到餐桌上的就是奶酪和饼干了。此时，水罐便会在众人手中辗转，毕竟大家吃的是饼干，而且还是这种又干又硬像是石头一样的饼干。

晚餐吃完了。大家在推开椅子时发出了吱吱的声响，随着人们的离场，弹簧门不停地开合着，侍应生很快就把各个餐桌收拾干净了，完全看不出这里曾经放满了食物。毋庸置疑，这里已经为翌日的早餐做好了准备。

不管是在二楼以上的楼梯间还是在一楼的过道上，随处可见英国青年谈笑嬉闹着，兴之所至还会唱起歌来。而我，一个外来之客，既不是芬汉姆学院的学生，也不是纽汉姆、格顿、萨默维尔、基督堂学院、三一学院的学生，不好直接评价说"晚饭不好吃"，更不好问"我们可以在此独自进餐吗？"（此时，我已经跟着玛丽·西顿走进了她的客厅。）对于外人而言，这里处处都是笑声，每个人都是活力满满的样子，我若是真的说出了这些话，倒像是在偷偷揣摩这里的财政情况了。所以，我最好闭口不言。

实话实说，我现在突然没有兴致继续聊天了。人的身体构造是不会改变的，大脑、心脏、身体是一个整体，不可能割裂开来，现在如此，以后亦是这般。因此，要想有一场愉悦的谈话，美食是极为重要的。睡觉、恋爱、思考等所有的行为都是建立在吃得好的基础上才能顺利推进的，如果连吃都很勉强，那么之后的一系列动作也不可能继续下去。想要点燃内心隐秘处的灯火，绝非一点牛肉、几颗梅干可以做到的。也许，人们最终都会去往天堂，在街角转口期待着看到凡·戴克。这样的心理状态便是在长期吃梅干、牛肉后所产生的。

好在，科学老师玛丽·西顿家里还存着酒，橱柜里也放着几个小巧的酒杯，我们坐在围炉旁取暖闲谈，聊以慰藉今日受伤的心灵。要是能有鹧鸪和龙利鱼就好了，它们和酒才是绝配。这样坐了两分钟，或许还没有这么久，我们就开始谈天说地了。只有自己的时候，总是会想一些乱七八糟的东西；但是有了友人相伴，聊的就会是很多有趣之事，比如他和他的想法居然完全不一样：有人成家了，有人没有；有人碌碌无为、一事无成，有人出人头地、功成名就……但凡是说起这些事，便避不开人性、时事、世道的讨论。

而在聊天的时候，我确实有些分心，对于话题的发展也是顺其自然，对此，我不免有些惭愧。大家讨论的话题或许是赛马、文学、葡萄牙、西班牙，我的思绪却飘到了几个世纪之前，想象着工人们在房屋上修葺的景象。我总会想到当时的亲王贵人们一掷千金，用大把大把的银钱修建着这块土地；还会想到枯萎的青菜叶、浑浊的菜汤、瘦得只剩一副骨架的母牛、干瘪的心脏。这两个场景分明是风马牛不相及且荒谬至极的，却总会一并跃入我的脑海里，让我忍不住将其进行对比，我也没有办法改变它们，只能对其举手投降，随它去吧。如果不能转换话题，那么最好直接表达自己的感受，若是运气不错，或许我的纠结在说出之后就会消散，就像是安放在古堡棺材里的先王的头盖骨见光后就风化了一样。

因此，我简单地向西顿讲述了那些场景：在小教堂的穹顶上，工人们涂水泥、装瓦片；王公贵族、国王王后扛着一袋袋金钱货币，用铲子刨开土地，将这些钱财全部都倒了进去；而到了现在，我们的商业大老板们又继续将股票、支票丢了进去。当然，这只是我的猜测而已。

我思忖着，在那些学院的地下应该埋着那些财宝，那么我们眼下站着的这个地方呢？在那个花园中疯狂生长的野草之下、那用红砖砌成的城墙之下埋着的又是什么东西呢？在餐厅里的素色餐具以及被端上桌的梅干、甜点、牛肉又代表着什么呢？这些话几乎是我不假思索说出来的，甚至来不及闭嘴刹车。

玛丽·西顿听完之后说，那大概是在 1860 年，原来你也知道这些事情。她的语气中满是疲倦感。我觉得原因或许在于，这句话，她说得太多了。

不过她还是再跟我说了一次。那个屋子是用以出租的，为此不但开过了委员会，还将几封写好的信件都发了出去并拟好了公告。随着一场又一场会议的召开，信件被一封一封读诵，有谁许诺要捐多少钱，当然也有人一分钱都不愿意捐；《星期六评论》也是毫不留情地批评。我们要从哪里找钱租下办公室呢？举行一场慈善售卖？请一个美女来撑场子吗？再去请某某夫人写封签名信？可是她此时并不在城里啊。在六十年前，大家几乎是呕心沥血才完成了这件事。每个人都全力以赴，最后才勉强凑到了三万英镑[1]。

西顿继续说，我们显然是请不起头上顶着托盘的仆人、买不起鹧鸪与好酒、租不起有单间和沙发的房子。她还引用了书本上的话："舒适安逸，只好留到以后再考虑了。"[2]

女人们每年都是夜以继日地劳动着，连两千英镑都凑不到，但是最终还是拼尽全力凑到了三万英镑，我每每思及至此都不由得鄙视女人们的穷困，这样的情况本该被社会所批判。母亲们究竟在忙什么，连一笔财富都没有留给我们？是凝视着商铺的柜台吗？是在蒙特卡罗的阳光下闲逛，还是每日沉迷化妆打扮？

---

[1] "据说这最少都需要三万英镑——这并不是什么巨款，因为纵观爱尔兰、大不列颠及其殖民地内，这样的学校也仅有一所而已，而且这笔钱对于随意一所男子学校而言都是可以轻松凑齐的。不过当时真诚支持女子读书的人实在是太少了，所以凑齐这笔钱还是比较困难的。"——选自史蒂芬夫人所著《艾米莉·戴维斯小姐生平与格顿学院》（Emily Davis and Girton College）。——作者注

[2] "搜刮的每一分钱都拿去盖楼了，舒适安逸，只好留到以后再考虑了。"——选自 R. 斯特里奇所著《事业》（The Cause）。——作者注

柜子上放着几张女性的相片，假如相片上的人是西顿的母亲，那么她可能在空闲时会享受一下，毕竟她给牧师生养了十三个儿女，若真如此，那么从她脸上定然看不出什么悠闲的样子。她并无特别之处，极为普通，坐在藤椅上，肩上是一条格子披肩，胸前戴着雕花做饰的胸针，脚边还坐着一只长耳猎犬，她看着镜头，既开心又慌张，应该是她明白猎犬会被快门声惊动，然后跳起来，那样的话，相片上狗就会看不清楚了。

若是她最开始的时候可以尝试经商，将股票证券玩弄于股掌之间；或是努力发展实业，创建人造丝工厂，积累财富；又或者留下几十万英镑给芬汉姆学院，那么现在的我们应该是极为惬意享受的。要是这样，我们今夜所讨论的或许就是天文地理相对论、人文生物植物学，甚至是数学物理原子弹了。

如果西顿外婆、西顿母亲和西顿都深谙挣钱之道，并且可以和父系那边的人一样将那些钱传承下来，或许她们就可以成立为女性服务的奖学金、奖金，聘请女老师了，这样该多美好啊。我们能在这里独自享受美食美酒，享受着靠捐款而成立的职位所带来的福利，也能够骄傲地面对这漫漫人生路，心怀向往地走下去。我们能有时间写作，有时间冒险，在风景名胜之处悠闲散步，坐在帕台农神庙的台阶上专心思考，10 点上班，4 点半下班，回到家后写诗作画。

但最棘手的问题就是玛丽的外婆、母亲从年轻就开始赚钱，那玛丽肯定就无法降落人世了。说到这里，我便问了玛丽的想法。

夜色从窗帘的细缝间偷溜进来，让整个房间散发着一种静谧之美，从树上泛黄的树叶间隙可以看到零散的星辰。她真的愿意用这样的美景夜色去交换那些富豪随随便便签下一笔就能让芬汉姆学院得到五万英镑的遗嘱吗？她真的愿意用儿时于苏格兰的嬉笑打闹，用苏格兰的美食、空气，用和睦幸福的一大家子人相处的会议去交换这些财富吗？因为若是真的要累积可以捐给学院的财产，则必不可能有拥有这么多家庭成员的家族了。

毕竟没有人能在养育十三个儿女的同时还能赚很多钱。

我们现在要讨论的是某些现实问题：孕育小孩大概要十个月的时间；小孩出生之后的几个月内都一直需要母亲哺乳；等小孩断奶之后，母亲还要花上好些年照顾他们。如果真的放手不管，小孩可能会成为野孩子。有人说自己曾经在俄国街道上看到过小孩到处乱跑的情景，他觉得那样的场景实在是无法让人心生欢喜。

还有人说，在一岁到五岁之间，孩子的心性会逐渐成形。我问玛丽，要是你的母亲在你小时候把她所有心思都放在了事业上，那么你童年嬉笑打闹的时光会成为什么模样？你现在所认识的苏格兰将会是什么光景？你还会记得那些美食美景和新鲜的空气吗？

但是这个问题也没什么意义，因为如果真是如此，你也不会出生了。而且哪怕你母亲、你外婆真的积累了许多钱，真的将这些钱都投到了图书馆和学院的建设中，我们所设想的问题也是无意义的。毕竟，第一他们并没有赚到钱，第二就算他们真的有了钱，也无法得到法律的认可，换言之他们没有自己财产的所有权。母亲们拥有一便士的个人财产也是最近四十八年来的事。此前，女性的财产都是配偶的。或许就是因为这种社会现象，母亲们和外婆们，甚至是外婆的母亲们都无法踏入股票市场，因为对于她们来说辛苦赚到的钱财最终都是给他人作嫁衣而已，只有她们的丈夫能决定这些钱要如何安排。或许他们会把这笔钱拿去给国王学院或是贝利奥尔学院做奖学金，然后扩充研究员编制。于是乎，她们会想，我何必辛辛苦苦去挣钱呢？得了，让男人们去做吧！

不管怎么样，不管这一切是不是因为看着猎犬的老妇人导致，不管是什么现实所致，我们的妈妈、外婆们还是没能做成这些事情，没给我们留下任何可以用于享受生活、吃美食、喝好酒、抽雪茄、成为学监、在草坪散步、看书等做各种闲事的财富。

她们已经拼尽全力在这片荒地之上为我们建起了一方院落。

我们靠在窗边闲聊着，就像千万人会在晚上低头看着这些塔楼屋顶那样。10月，季秋时节，明月高挂，夜色迷人，月光洒在历史悠久的石头墙上，显现出肃穆之感。

这会让人想起被束之高阁珍藏的书、被挂在雕梁画栋的房间中的名人主教画像；或是走廊上的玻璃窗上映着的月亮倒影，花园里生长着的青青小草、喷着水的喷泉和院子里静谧的房间。

不好意思，我脑海里又闪过了美酒、香烟、扶手椅、华丽的地毯，那些人所拥有的自尊、淡然、文雅都是因为他们有一间宽阔干净豪华的屋子。

显然我们的母亲无法让你我有这样舒适的生活条件。对于她们来说，就算是三万英镑也得拼尽全力才能凑齐。她们这辈子都在为圣安德鲁斯教的教会中人孕育下一代，她们是十三个儿女的妈妈。

聊完之后我便离开了玛丽的屋子，回到了自己暂住的客栈。

经过昏暗的小巷时，我和那些忙了一整天的人没什么区别，一直都在思考。我想知道西顿夫人为何没有留下一分钱；穷，会让人的心理发生哪些变化？我想起了白日里看到的披着毛皮披肩的怪老头，那位一听见口哨声就会狂奔的老教授；想到了在教堂里传出来的管风琴声；还有我站在图书馆前看着那扇紧紧关上的大门时心中的愤懑，不过我又在想，可能就算踏进了那扇门，我也不会开心。从性别上看，一个群体心安理得地享受着荣华富贵，另一个群体则是终日惶惶不安，穷困潦倒。我不禁思索，如果一个作家可以抛开这些传统观念，那么他的心态会发生什么样的变化？

思及至此，我认为对于今天所经历的欢喜、愤懑、思考、记忆，应该像把废纸团丢出墙外那样把它们全部从我的大脑中清除干净。

在深蓝色的夜幕中，每一颗星星都在散发着它的光芒。我独自面对着这个光怪陆离的世界，其他人都已经进入梦乡，或是面向上躺着或是面朝下，很是安静。

牛桥、小巷，寂静、空旷。小旅馆的门那时被一只无形的手轻轻推开，悄无声息。此时夜已经深了，并没有店小二会为了我守夜，也没有人会为我点灯照路。

二

请跟随我的视角，进入下一个场景。

同样的秋天，离开牛桥，来到了伦敦——我请大家尽力想象出一个无异于其他的普通房间。

我们可以透过房间的窗户看见楼下的行人、轿车，还能透过对面屋子的窗户看到一张书桌以及桌上的白纸上写着的"女性和小说"几个大字，但没有其他字迹。

牛桥之旅后，我意识到，我必须拜访大英博物馆以寻找真相。这个过程就像提炼精油，必须过滤个人情感、偶然因素之类的杂质方才可行。

牛桥之旅以及午宴与晚宴，让我产生疑惑，为何美酒都是斟给男性，而女性只能得到水？为何男性能过着锦衣玉食的日子，而女性却要在温饱线苦苦挣扎？贫穷对文学创作有怎样的影响？而影响文学创作的因素到底有哪些？

一个接一个的问题次第在脑海浮现，想要寻求答案，就需要去一趟大英博物馆，那里收藏着大师的著作。这些大师不偏执，不追逐功利，他们用相对客观的角度进行了观察和剖析，并将毕生的研究成果撰写成书。试问，假如在大英博物馆中也遍寻不见我所追求的真相，那还有哪里可以追寻呢？怀揣着好奇，我迫不及待地踏上了拜访大英博物馆的旅途。

天气雾蒙蒙的，鼻腔萦绕着潮湿的空气。人们开始储备过冬的物资，他们托运装着煤炭的麻袋，往地下室的煤仓口倒。不远处有马车行来，停在路边，车夫搬运着一箱又一箱的行李，箱子里大概都是某家人的冬衣。那家人看上去刚搬来这座城市，他们搬进了毫不起眼的公寓，在偌大的城市里寻求际遇。街道像平常一样嘈杂，不少卖花匠推着花车沿街叫卖，腔调颇有歌剧风采。

倘若把伦敦比作一台纺织机，那我们就是不停歇的梭子，给虚无的布匹留下痕迹。倘若把伦敦看作一间工厂，那么大英博物馆就是其中的某个车间。进入其中，仿佛置身在缥缈世界，头上的天花板化作苍穹，脚踏的地板似乎化作银河，我将在混沌中寻求真理。

我来到借阅处，迫不及待地翻阅起来，然而，等待我的并不是马上找到真理的喜悦，而是震惊与迷茫，我久久不能缓过神，望着书册出神许久。

为什么与女性有关的书籍如此之多？并且绝大多数书籍都出自男作家之手？毫不夸张地说，在生物界，女性被议论得最多。

我兴致勃勃地走进博物馆，心想一个上午就可以得到真相，如此看来我还是太天真。要想从浩瀚的书籍里寻求真理，我需要变成寿命很长的大象或拥有许多眼睛的蜘蛛，获得漫长的寿命以及眼观六路、耳听八方的能力才行。真理如同果核一样，被繁杂的书籍裹在里面，我需要一点点撬开坚硬的果壳，才能一窥真理面容。

回归现实，我只能认命，埋头在一长串书名列表中查阅起来。通过这长长的列表，我发现一个奇怪的现象，抛开生物医学对女性的著作，剩下不少都是关于女性的文学创作。换句话说，女性是这些文学作者笔下的热门题材。

这些文学作品五花八门，内容质量也参差不齐：有的书作者用自以为风趣的口吻叙述，看得直冒鸡皮疙瘩，仿佛街边小混混对着女性吹口哨；有的书措辞严厉，字里行间透出好为人师的态度，仿佛看见一位男教师或男传教士对着女性滔滔不绝地传授戒条。

与之相反的是，女性不写关于男性的书。这个结果使我松了一口气，毕竟读完男性写女性的书已经让我灵魂枯竭，若再来一遍同样很多的女性描写男性的书单，我这辈子可能都与真理无缘。

很快，我从列表里随机选了几本，将书籍的名字记录在借阅卡上，把借阅卡放在铁丝盘中，等着管理人员送上来。

等待的过程中，我不禁思考，就数量而言，为什么男性写女性的书比女性写男性的书多那么多？难道是因为男性对女性的好奇心远高于女性对男性的好奇心吗？我情不自禁地在借阅卡上画起了圈。别误会，这并没有什么特殊含义，这只是我思考的习惯罢了。

想着想着，我的思绪就慢慢飘了起来。那些热衷于讨论女性的男性长什么样？他们的生活又是怎样的？是举止有礼相貌英俊的绅士，还是嗓门粗大满脸酡红的酒鬼？是初入社会的青年，还是满头银丝的老人？正胡思乱想着，管理员抱着一堆书放在我的面前。

我深吸一口气，又叹出来——该来的总归跑不掉。

若在牛桥经过系统的学习，就会明白若要在茫茫信息中寻求答案，就要理顺头绪，然后理清问题，然后探索答案。这个道理和牧羊同理，只要找到方法，就像羊群乖乖进入羊圈那样，答案也会顺理成章地浮出水面。坐在我一侧的同学深谙此道，他正在摘抄科学指南，并且时不时点头嘟囔，我敢保证他每次点头都是因为从茫茫书矿中挖出了金子来。

但是，倘若没有经过系统训练，要在这茫茫书海中捞取珍珠无异于难于上青天。若把真理比作羊群，羊群不但不会井然有序地入圈，还会四处逃窜，增加牧羊人的难度。那群职业五花八门的男作者就如同猎犬猛兽一样，将我的羊群追逐得四处逃窜。我本来是抱着"女人为什么穷困潦倒"这一个问题来博物馆寻求答案的，结果被这堆著作硬生生瓦解成五十个谜题，我需要寻求五十个答案。我本来只想着赶一只羊回羊圈，现在我需要赶五十只羊。

我阅读时习惯性做着笔记，以便更直观地把当时当刻的感悟展现出来。我在此节选了部分笔记内容，例如这一页，其标题是：女性和贫穷。

中世纪，女性群体的基本情况

斐济群岛，与女性有关的风俗

被视为女神来崇拜的女性

女性的道德观念并不强

女性的理想主义

女性的责任心更强

南太平洋各岛屿，女性的青春期状况

女性特有的魅力

被献祭的女性

女性的脑容量相对较少

女性拥有更强大的强意识

女性身体的毛发更少

女性在心智、道德观念、体能等方面比男性差

女性更喜爱孩子

女性的寿命更长

女性的肌肉力量较弱

女性的感情更强烈

女性的虚荣心

女性接受高等教育的情况

莎士比亚对女性的看法

英奇教长对女性的看法

拉布吕耶尔对女性的看法

约翰逊博士对女性的看法

奥斯卡·勃朗宁先生对女性的看法……

写到这里，我不由自主深呼吸，转而写上我的疑问：塞缪尔·巴特勒曾说出"有智慧的男人从不议论女人"？显而易见的是，那些智慧男人一直把女性当作谈资。我背靠椅子，望着浩瀚的穹顶，脑海里早就已经乱作一团麻。很遗憾，聪明的男人在对女人的看法上从未达成一致过。

蒲柏认为：

大部分女人都缺乏个性。

拉布吕耶尔认为：

女人是极端的，要么好过男人，要么坏过男人。

身处同一时代的观察家们却拿出了截然相反的意见。

女性是否有能力接受教育？拿破仑说没有，但约翰逊博士却说有^[1]。

女性是否拥有灵魂？一些粗蛮无礼的人认为没有，而也有人不仅认为女性有灵魂，更把女性奉为神祇膜拜^[2]。

在一部分哲学家眼中，女性缺乏脑力，见识浅短，而另一部分哲学家则表示，女性拥有比男性更深切的感知力。歌德推崇女性，墨索里尼却对女性不屑一顾。

男性的谈资总是围绕女性，但是他们的想法却大相径庭。

这个问题如同一团乱麻，根本无法厘清。我不由得羡慕起隔壁的读者，他的笔记看上去十分清楚工整，每条都有分类并用 A、B、C 标注。反观我的本子，上面的记录如同我的思绪杂乱无章，观点矛盾，不知所谓。我非常迷茫、羞愧，花费这么久的时间连真理的皮毛都没有窥见。

我不甘心就此离开，于是在笔记上添上几句注解，比如：女性的体毛较少；生活在南太平洋各个岛屿上的女性，其性成熟期是在九岁，或者九十岁？字迹过于潦草以至于我也无法分辨。这些乱七八糟的笔记勉强可以当作一上午的调查成果。耗

---

[1] "'男人明白自己比女人更低一等，正因如此他们往往选择更加赢弱无知的女人。倘若他们心里没有这个算盘，他们就不会因女人掌握的知识和他们一样多而感到忧虑。'……看待女性应该用客观的、公正的眼光，他在之后的谈话中表示，他之所以说这种话，是因为这是他真实的看法，他所言即所思。"——选自鲍斯威尔所著《赫布里底群岛旅行日记》。——作者注

[2] "古代日耳曼人相信女人身上有神圣的地方，所以被奉为大祭司，任何事都需要过问。"——引自弗雷泽所著《金枝》。——作者注

费这么长的时间却毫无进展，说来实在有些难堪。试问，我如果连女性的历史问题都无法寻得答案，那又有什么立场解决女性未来面临的困难？如此说起来，翻看这些男作家的书就是白费工夫，虽然他们对于女性在各方面的影响，例如女性对政治、孩子、薪水、道德等诸多方面的影响能侃侃而谈引经论据，但我并没有从中得到答案。

失落与绝望困在心中萦绕不散，不知不觉中，我在纸上勾勒出一幅人物肖像。画上的人是《论女性在心智、道德和体能上的劣根性》的作者冯·X教授。

这位教授在我的素描中并不是英俊潇洒的男性，画中的他非常壮实，下颌骨过宽，以至于眼睛看上去很小。他满脸通红奋笔疾书，仿佛在纸上指点战场。他下笔很重，每下一次笔仿佛都能刺死一只飞虫。他看上去十分暴躁愤怒。

我对着画像发呆，寻思他为什么对女性如此怨怼。他的妻子出轨了吗？爱上了和他完全相反的男人，那个男人英俊潇洒，仪表堂堂，并且还是前途无限的军官？还是说，他在婴孩时期被可爱的小姑娘欺负过？为什么我会联想到他在婴孩时期被欺负呢？因为在我看来他可能打小就不受欢迎。总而言之，无论出于何种原因，我画的这位教授正在书写"女性在心智、道德和体能上的劣根性"。在我看来，他奋笔疾书的样子是那么丑陋。

耗时一个上午都没能得到答案，寻求真理的过程实在枯燥，所以百无聊赖下只好画画消遣。不过，真理往往会在我们自娱自乐、无所事事的情况下突然浮现。

如果懂得一些简单的心理学常识，那我们就能发现，画是能够体现作者情绪的。当我勾勒出暴躁愤怒的教授形象时，就证明我当时也被怒气左右了。

那么问题来了，我为什么会发火呢？在寻求真理的这个上午，我能清楚地辨别出心中浮现的各种情绪，无论是好奇、疑惑、开心还是烦闷，我都能感知并且知道这些情绪因何而生。唯独愤怒，我不清楚我何时产生又因何产生。它就像一条蛇，潜伏在我的脑海中。

这幅画毫不掩饰地揭露了我的愤懑。我不得不承认，当我看到这位教授对女性贬低的描写时，愤怒化作一条黑蛇咬住我的心脏。我的心跳开始加速，血液直击脑门，涨得我满脸通红。

我此刻看上去有点傻，但是无论哪个女性看到"女不如男"的论调都会气血上涌。这时，我用余光打量起坐在我旁边的男士，他系着便捷式领带，喘着粗气，胡子拉碴。

虚荣心是每个人与生俱来的东西，我思索着，手又开始不由自主地在教授脸上画起圈圈，一圈又一圈地画着，直到涂满教授的脸，我才停下来。此时教授的脸看上去就像着火的灌木，又像燃烧的彗星。总而言之，手中的画已经看不出人类的模样了，不过也没关系，反正他也变成了汉普特斯西斯公园里被点燃的柴薪。

我了解了为何发怒，愤怒也随着画画发泄了，那么接下来我要探寻这些教授发怒的原因。读完那些书我能直观感受到作者表达最强烈的情感：嘲讽、好奇、难过、责问。之后再回味，字里行间还透着作者的愤怒。愤怒，不像其他情感直观地表达出来，这种情绪如同暗流往往藏在其他情绪的冰面下。

我看着满桌书籍，心力交瘁，无论如何，它们对我来说是毫无意义的。尽管这些书籍情感充沛，夹杂着说教、幽默与无聊，甚至还能找到斐济群岛上的奇怪民俗，却没有一本拥有科学研究的价值，因为他们撰写书籍只是为了发泄情绪，而非记录真理。于是，我把这些书摞在一起，放到房间中央的桌子上，好让它们回到暗无天日的书架上。

还书后，我站在廊桥上思考，那群所谓的教授因何愤怒，而我愤怒的本质究竟是什么？这些问题一直萦绕在我的大脑，我暂时无法找到答案，索性先找个地方把午饭吃了。

我信步一走，来到距离大英博物馆不远的一间小餐厅。我找了个地方坐下，而那里还摆着上位客人遗留的一份报纸，我拾起报纸看起来，借此打发等菜的时间。

一行大字丝滑地跨过了一个整版：南非，初战告捷。

小一号的标题则写着：奥斯汀·张伯伦爵士现身日内瓦；惊！在地下室发现粘有人类毛发的砍刀；某大法官就一起离婚案在法庭上对女方的不端行为发表评论。报纸上还夹杂着别的小道消息：某女星被人悬吊在加利福尼亚某座山顶上；天气又变，有雾来袭。

我想，就算是行色匆匆的外星人捡到这份报纸，只需一眼就能猜出英国正置于男权统治之下。只要是正常人就明白，那位教授处在统治阶段，占有绝对上风。

他集钱、权、社会影响力于一身，他分布在各行各业。他掌控着舆论，他既是报社的总编辑，又是副总编辑；他既是法官，又是外交部长；他不但是板球选手，还是赛马手，甚至是游艇运动员；他身为企业总裁，能让股东们赚得盆满钵满；他是慈善家，可以眼睛不眨地捐给学校百万善款；他既是欺辱女星的罪犯，也是侦破罪案的警察；他可以审判每个罪犯，给他们定罪量刑。他除了无法控制天气外无所不能。

但是，他怒火中烧。我并不是无端污蔑，从他谈论女性的字里行间，我思考的不是他的想法，而是他这个人。

如果作者在论证观点时摒弃了私人情感，认真地引经据典，那么读者只会认真分析文章，而不会关注作者本人。他要是用平和的心态去描述女性并列举事实佐证，读者也不会如此愤怒。读者会轻松地接受作者的论点，并且把它当作如同"豌豆是绿色，金丝雀是黄色"之类的事实去接受它。正因作者字里行间透出怨怼愤怒，导致我也跟着生起气来。

我因男人愤怒而感到荒谬，他们有权有势却还要歇斯底里，还有什么比这个更荒唐吗？我想，愤怒是既得利益者的后遗症吗？举个例子，富豪们发火是因为害怕手上的蛋糕被穷人们分掉。

那帮所谓的教授——不，应该叫他们男权主义者才算贴切——生气的原因另有其他。或许，他们并未发怒，毕竟在平日里和女性相处时，他们看起来都很体贴、很绅士。他们总会用华丽的词藻称赞女性，行为举止称得上道德标杆。如此看来，或许他们批判女性的低劣，并不是因为女性真的低劣，而只是为了突出男性的优越。高人一等的感觉对他们来说是至宝，以至于他们维护起来显得如此气急败坏。

我走在人行道上，一边看着熙熙攘攘的人群，一边思考着，男也好女也罢，在生活的重担下都直不起身，大家都只能拼命工作才能艰难度日，人类只是为了生活就耗费了所有力气。或许也正是这样，人类才要给自己织梦，自信是织造美梦的原材料，倘若失去了自信，人们便成了一无所有的婴孩。

那么，有什么方法可以快速获得自信呢？答案是贬低他人。通过贬低他人人格从而提高自身优越感，是他们获得自信的老手段。人们总是将自己代入美梦的主角，想象自己天生就是优越的，幻想自己出身豪门，权势滔天，幻想自己拥有高耸的鼻梁，幻想罗姆尼给祖父画肖像。人们总是乐此不疲地做着白日梦。所以，男权主义者为了巩固社会地位，维持优越感，就会宣扬男性生来就比女性高贵。

实践出真知，我们需要将这个论点运用到生活中以判断是不是成立，我们需要核实这个论点能不能解答我的疑惑——针对 Z 先生的行为。

某天，温和有礼的 Z 先生在机缘巧合下阅读起丽贝卡·韦斯特的书，还没读完，他就撕下温和的面具，整个人变得暴躁，他厉声斥责丽贝卡把男性污蔑成趋炎附势的小人，批判丽贝卡是不知好歹的女权主义者。Z 先生的失控行为让我费解，在我看来，虽然丽贝卡女士笔下的文字过于直白，但是句句不虚。为什么丽贝卡只是陈述事实，就被 Z 先生定论成不知好歹的女权主义者呢？想必是丽贝卡的文字如同一把利剑，戳破男人的虚荣心，使他视如珍宝的优越感受到冲击。

从古至今，女性如同一面魔镜，需要将男人映射成远强于他们自身的形象。倘若没有这面魔镜，世界还是原始森林，没有人能享受战争胜利的果实。大家还是过着原始生活，在羊骨上画鹿，拿打火石换取羊皮。没有所谓的天选之子，也不会出现国王。这面魔镜在文明社会中是必不可少的工具，只有它能映射暴行或壮举。因此，只有拿破仑、墨索里尼之辈才会如此贬低女性，他们由此汲取优越感，并自我膨胀。

某种程度上而言，这也证明了男性离不开女性，且解释了为何男性无法接受女性批判的现象。如果对书籍、画作进行批判的人是女性而非男性，那么这些人会更加生气。一旦女性说出事实，那么魔镜的魔法就会消失，变成普通的、只会映射真实的镜子，那么男性在这面镜子里无法获得优越感，以至于无法正常生活。

比如，男性在吃饭前会照照魔镜，望着美化后的自己信心倍增、心情愉悦，从而胃口大增，可魔镜失去魔法后，男性在饭前看见映射出的真实的自己，信心受挫导致食不下咽。如果男性不能每天通过魔镜获取虚无缥缈的优越，又如何能够扯大旗、立法典、在宴会上侃侃而谈呢？

我捏碎了几片面包，搅拌了一下咖啡，望着熙熙攘攘的人群思考。男性生活的动力靠魔镜供给，若某天把魔镜拿走，那么男人一定活不下去，就像瘾君子失去毒品那样，在绝望中等死。

窗外人来人往，大多行色匆匆，我不由得感慨，在这些人中，居然有一半的人靠幻想活着。他们醒来的第一件事就是照照魔镜，穿衣戴帽，欣赏一番魔镜里的自己，然后满意出门。他们有着莫大自信，就算是参加史密斯小姐的茶话会，也一定是耀眼夺目的主角；他们进去房间时，理所应当认为比在座的一半人高贵；他们讲话的腔调总是带着一股能改变世界的自满。

讨论男性的心理颇为有趣，但也带着危险，我觉得等大家年收入超过五百英镑后再来深入研究这个课题也不迟。

我的思路被服务生递过来的账单打断，我瞄了下数字，一共是五先令九便士。我从钱包抽取了一张十先令的纸钞递给服务生，然后等他找零。

另一张十先令还躺在我的钱包里，一想到我每天都会有数张十先令，我就会兴奋不已。这些钱来自我故去的姑妈，让我得以拥有丰盛的美食与舒适的住宅。

我姑妈玛丽·贝顿是在孟买坠马而亡的，我继承了她的遗产。那时候法律刚承认女性的继承权，没过多久的某天夜里，我就收到来自律师的信件，得知姑姑意外死亡，并且她的遗产以每年五百英镑的形式赠予我。于我而言，拥有金钱好像比拥有投票权更重要。

获得这笔遗产前，我在报社以临时工作为生，一会儿报道哪儿有艳舞表演，一会儿报道哪儿在举行婚礼，除此之外，我还干过替人写信、为老太太读报、制作假花、教小朋友认字等兼职，赚得并不多，只有几英镑而已。毕竟在1918年前的时代，社会提供给女性的工作并不多。

我想，我无须赘述其中艰辛，毕竟你们中有不少人做过相同的工作，所以无须多言生活的苦难，因为大家也正处于水深火热。更可怕的是，时至今日，那段苦不堪言的生活所遗留的心酸与痛苦依旧是我心头的病灶，时不时地发作，让我苦不堪言。想象一下，你如同行尸走肉，干着毫无兴趣的工作，你伏低做小，阿谀奉承。虽然并没有人把刀架在你脖子上让你这样，但是你清楚知道不这样做可能会失去更多。

于我而言，我微薄的才华是支撑我灵魂的珍宝。如果某天它消失殆尽，那么我的灵魂、我的身体，都会跟随我的宝藏消亡。我的世界会变得锈迹斑斑，鲜花不再绽放，树木开始腐烂，我会在生活的折磨中开始生锈腐烂。

姑姑留给我的遗产将我拉出深渊，每当我花一张十先令，我灵魂的锈迹便褪掉一层，源源不断的金钱让我的病灶有所缓解。

我接过服务生递给我的找零，回想以前入不敷出的苦日子，发现稳定的收入原来有如此大的能量，可以让我变得心平气和。直到我死去，我每年都会有五百英镑到手。我不必为生活奔波，不用为衣食住行烦恼，富足的物质生活缓解我的痛苦，使我内心平静。我不会为哪个男人动怒，因为我不会受到伤害；我也不会给哪个男人溜须拍马，因为他们也给不了更多。

就这样，我对男性的看法发生了一些改变。若只是寥寥数语概括并批判某一群体是一种错误的行为。促使他们发起行为的不是庞大的群体，而是与生俱来的本能。无论男女，接受的教育都不是完美的，这也导致男性身上存在诸多缺点。

为了维持社会地位，为了拥有社会财富，男性也需要付出些许代价。他们内心的征服欲化作秃鹫，没日没夜地啄食胸膛里的心脏。他们贪婪、妒忌；发明枪炮，研发毒雾；发动战争，争抢领土。他们把子孙送上战场，踏着尸体庆祝胜利。他们为战死沙场的士兵修建纪念碑，把战利品拿到路边展示，颂扬胜利的荣耀。

我在春日的照耀下，看着人们步履匆匆地挤进写字楼，神色焦虑，看上去在思索如何赚取更多金钱。其实，每年五百英镑就足够人们过着无忧无虑的生活，他们可以尽情在太阳底下散步。

我琢磨着，他们无法挣脱这种令人不适的本能，这种本能自匮乏的生活和落后的文明中诞生。我一边思索着，一边凝视剑桥公爵塑像上那顶三角帽上的羽毛，我猜测我是第一个如此关注那几根羽毛的人。

在发现这一系列问题后，困在我心里的惶恐和哀伤逐渐被同情和原谅代替，过不了多久，这些情感将会随着时间流逝烟消云散。没有复杂的情绪困扰，遮在我眼前的迷雾终将退散，我终会看见真实，就事论事。比如，那栋建筑设计得如何？那幅画画得漂亮吗？那本书能引起我的共鸣吗？我之所见，已非弥尔顿等伟人的想法，而是事物本身，我的目光不再围于一隅，我能看见更大的世界。这样的改变归功于姑姑留给我的遗产，这笔遗产带我领略更广阔的风景。

时间在我的思索之中流逝，街道的住宅亮起星星灯火。沉入夜色的伦敦相较于白天已然发生了巨变。伦敦就像大型的织布机，在人们的劳作下，织出无与伦比的布料。

我住在一条弥漫着浓厚生活气息的街道上。刷漆工正准备走下梯子；保姆一面谨慎地推着婴儿车，一面来回穿行准备茶点；运煤工将麻袋摆得整整齐齐；戴着红色手套的菜场老板娘在忙着对账。我仍然沉浸在对于问题的思索中，并且将眼前的此情此景纳入思索范围。

职业是否有贵贱之分？这个问题在百年之前都无法得出答案，更遑论今日。运煤工人和保姆比，哪个工作更好？收入上万的律师和要抚养八个儿女的女工，哪个更具有社会价值？我想无人能够作答。

在不同的年代，律师与女工对社会的贡献各不相同，时至今日，我们也无法制定出合理的标准去评判他们。想到此处，我记起自己曾天真地希望那位给女性下定论的教授能够拿出证据。当然，即便有人能列出论据证明某种能力是有价值的，衡量价值的标准也是会随着社会发展和时间流逝而改变的，谁能保证百年后，这种能力依旧富有价值呢？

我踏上家门口的台阶，兀自想着，一个世纪之后，女性将不需要保护了，将出现在那些排挤她们的工作与活动中。保姆可以做运煤工人，老板娘可以做司机。当女性这个群体不再视为被保护的一方，在这种情况下所见的事实——例如（一群士兵正列队经过我所在的街道）女性、神职人员、园丁会比别的人群活得更久——所有假说都会一触即溃。当女性无需保护之后，让女性参军、出海、开车、当码头工人，做男性所做的那些工作，她们岂不是会比男性死得更快更早？到了那个时候，男人们会大喊"我今天看见了一个女人"，其惊讶程度丝毫不亚于古人们看见有飞机飞过。

当女性不再需要保护时，发生什么事都是正常的，我边想边开了门，然而，上述种种和我要说的主题——女性和小说——又有什么关系呢？走进屋里，我发出了这样的疑问。

三

已经回到家里，但这一天并没有什么收获，我没有找到有效的事实，有些泄气。出于各种各样的原因，女性确实比男性穷。

此刻，我应该停止思索，暂停对真理的探求，阻止我的思绪陷入岩浆，不要让大脑变得和洗碗水一样混沌。我应该拉上窗帘，把窗外的景色与房间内的一切隔绝开来，以免分心。屋内因一盏豆灯而明亮，我的探索范围也应该如同灯光一样缩小在某一范围内。我应该阅读客观记录史实的作品，而非记录作者感想的书籍。我可以从这些书籍中获取伊丽莎白时代英国女性生存状况的真相。

自始至终，有种奇怪的现象困扰着我，即文学历史上多是男性的巨作，仿佛大多男性出口就是十四行诗，而女性的作品却寥寥无几。我不禁想，那个时代的女性是如何生活的？不同于科学的严谨，小说通常都富有想象力，脱胎现实却高于现实。它就像蜘蛛网，看上去在空中缥缈，实际上每根蛛丝都连着现实生活。

举个例子，莎士比亚的著作看上去缥缈梦幻，不像是人间创作的作品，但事实上，这些作品出自苦难者之手，作品随处可见现实生活中的物件，比如财富，又如房屋。

我找到了陈列历史书的架子，抽取了一本新书。这本书是《英国史》，由特里维廉教授编撰。我从目录中找到"女性"，又从相关题目中查到"地位"，然后翻到那一页仔细阅读。

文章首次提到女性是在1470年，也就是乔叟时代刚结束的时候，写道："男性公认殴打妻子的行为是合理的、正常的，认为是他们与生俱来的权力，无论他们处在什么社会地位，都能面不改色地向妻子实施暴力……女性的伴侣通常是父母决定的，女性无法选择自己的婚姻，若胆敢违抗父母之命，等待她们的同样会是暴力。社会风气导致此类现象层出不穷，人们对这种现象习以为常。婚姻的首要条件不是感情，而是利益，人们通过婚姻收割财富，这种现象在信奉骑士精神的贵族之中尤为盛行……如此一来，娃娃亲开始流行。"

背景跳跃到两百年后的斯图亚特王朝时期，书中写道："出生在中上阶层的女性也鲜少有选择婚姻的权利，按照社会习俗及法律成规，一旦被家族指婚，那么她的未婚夫就会成为她的主宰。饶是这般，我们依然能够从莎士比亚的戏剧、哈钦森夫妇与弗尼夫妇等的回忆录中找到充满个性的女性形象。"

的确如此，回想一下莎士比亚创作的女性形象，我们会认识美丽的、与众不同的克里奥佩特拉，野心勃勃的麦克白夫人，理想主义者罗莎琳。

即便不从事考古历史的工作，也不妨碍我们继续深究这个问题。自文学诞生以来，在所有文学作家的作品中，女性都是如同灯塔般醒目的存在，比如戏剧作品中的克吕泰涅斯特拉、安提戈涅、克丽奥佩特拉、麦克白夫人、菲德拉、克瑞西达、罗莎琳德、苔丝狄蒙娜、马尔菲公爵夫人，文学作品中的米勒芒特、克莱丽莎、蓓基·夏泼、安娜·卡列尼娜、爱玛·包法利盖芒特夫人等，她们无一例外地有着鲜明的性格特点，也有力地反驳了"没个性没人品"的论点。

如果女性只存在于男性创作的小说中，肯定会被当作不可替代的重要角色，她们角色多样，既可以是道德高尚的圣人，也可以是不择手段的小人；既可以是倾国倾城的美人，也可以是貌若无盐的丑人。她们可以和男人一样优秀，甚至可以比男人更加优秀。[1]

然而这只是小说虚构出来的女性，实际上，生活中的女性却被锁在家里忍受家庭暴力。这是一种非常诡异的现象，女性在人们的想象中遥不可攀，而事实是她们低如尘埃。

大量诗歌描绘了女性，但在史书中关于女性的记载却寥寥无几。在小说里，就连帝王也会拜倒在女性的石榴裙下，而实际上，只要女性被父母强制扔进婚姻的牢笼，那么她未成年的未婚夫就会成为她余生的主宰。小说中，女性饱读诗书，出口成章，现实中，女性目不识丁，没有机会接受教育，在命运的压迫下，她们成为丈夫的附庸。

若我们熟知历史，就会在阅读小说、诗歌的时候发现扭曲的异类。虚拟世界中美丽高贵的女性，其实正在厨房里剁肉，

---

[1] "从古至今存在着一个令人费解的现象：生活在雅典娜之城的女性备受压迫，她们的处境堪比东方女性，工作不是婢女就是苦工。令人讽刺的是，克吕泰涅斯特拉和卡桑德拉、安托莎和安提戈涅、菲德拉、美狄亚等众多女性角色却在这个戏剧舞台上诞生。戏剧中男女平等，甚至女性地位略高于男性，而现实生活中，女性却被束缚在家。现实与戏剧的剧烈反差至今也没有一个合理的解释。可悲的是，这种反差并没有随着时代变迁而消亡。大致浏览了一遍一些剧作，无论是莎士比亚、拉辛还是易卜生，他们作品中的女性不仅拥有崇高的地位，人格魅力还远远超过男性。"——F.L. 卢卡斯，《论悲剧》，第114-115页。——作者注

这种场景就像一只蠕虫挥动雄鹰翅膀那样怪诞。

　　现实生活中可没有这种异类，如果想一窥怪兽真容，那么只需要将充满想象、富含诗意的滤镜强加在女性身上就可以了。就以马丁太太为例，她如今三十六岁，身着蓝色衣衫，头戴黑色礼帽，脚踩棕鞋。但只是这样描述，这个女性形象就显得十分单薄普通，我们可以适当用想象力赋予这位女性角色独特的天赋——她拥有奇特的力量与精神，这两种能力互相环绕，散发耀眼的光芒。

　　但是，这种方式套用在伊丽莎白时代的女性群体上是不可行的，因为我们不知道现实中该时代的女性的情况。我们无法从任何资料上获得关于她们的描述。我又重新翻开特里维廉教授的书，企图从里面获得相关信息。迅速过目了标题之后，我发现教授对于历史的描述大概如下——

　　"采邑制和敞田制……西多会教团和畜牧业……十字军东征……大学……下议院……百年战争……玫瑰战争……文艺复兴时期的有识之士……修道院的分崩离析……农业与宗教的矛盾冲突……英国开始在海上称霸……西班牙舰队……"，不一而足。除了偶尔提及某女性：某伊丽莎白，某玛丽，某女王，某贵妇外，再无对女性有半字描写。

　　对于中产阶级的女性来说，只有大脑和性格可由自己做主，她们被锁在家里，无法投身改革浪潮，无法参加历史运动。而在历史学家眼里，构成历史的往往是这些事件。就连趣闻逸事都鲜少有女性的记载。奥布里鲜少提及她自己。她不会将自己的生活记录在书中，不会写日记，不会对诗歌剧作发表评论，除了几封书信外，再也找不到她的痕迹了。

我不解，为何就读于格顿学院或纽罕姆学院的优等生们不收集这些信息，以便后人研究呢？就比如她结婚的时候几岁？生了几个孩子？住着怎样的房子？有独立的卧室吗？需要给全家做饭吗？有用人照顾吗？

她们的生活痕迹一定可以在某个地方被找到，可能是在某个教堂的记事本，抑或是在某个地方的记账本。希望有学者可以收集这些信息并出书。

我在书架上仔细寻找，生怕错过记载有女性的史书。事实证明我的确是在异想天开，竟妄想寻找不存在之书。现存的史书绝非完全真实与客观的，可历史学家们为何不对其进行修订呢？为何不为女性单独增加一个章节呢？这一章的题目不需要多么华丽，只要能自然地融进史书就好，以免女性的出现像天降之物那么突兀。

女性往往充当着那群伟人的背景板。我有时候会想，她们遮掩了自身的眼泪、笑声和目光。毕竟，我们对简·奥斯汀的一生已经了然于胸，也不想再探讨乔安娜·贝利的不幸对埃德加·爱伦·坡的诗有何影响，我还觉得玛丽·拉塞尔·米特福德故居关门谢客一个世纪这件事与我无关。

但是，看着放满书籍的书架，一种无力的悲痛感从灵魂升起，我们完全没有任何关于 18 世纪女性的记录，我们对她们的处境毫不知晓，我甚至想不起来任何一位 18 世纪女性的形象。

我兴致勃勃地研究着女性为何不写诗，却连她们是否有过受教育的经历都无从得知。她们会不会认字？她们是否有独立卧室？她们结婚时有没有到二十一岁？一言以蔽之，她们一天到晚都是怎么过的？但有一点很明确，他们很贫穷。特里维廉教授记录道，女孩子的父母罔顾她们的意愿，不在乎她们是否成年，只管将女儿嫁出去，其中最小的只有十五六岁。

在这种水深火热的条件下生存，女性若能创作出莎士比亚式的戏剧才是真的令人难以置信。想到这里，我又突然回忆起了一位已经去世的老主教。他在世时断言，无论何时，女性都无法企及莎士比亚的高度，她们永远无法拥有莎士比亚般的才华。

曾经有位女士向这位主教告解，主教告诉她虽然猫咪拥有灵魂，但是它无法进入天堂。想来这位先生在普世的时候也耗费了不少心思，他总是会告诉人们莫名其妙的"知识"，比如猫咪不能进入天堂，比如女性里找不出第二个莎士比亚。

尽管如此，我翻看莎士比亚的剧作时，也不得不承认主教的一个观点，莎士比亚同期的女性确实无法创作出堪比莎士比亚戏剧的作品。

既然在史书中找不到真实的女性形象，那我就虚构一位女性人物吧！我给她取名为朱迪斯，是莎士比亚的妹妹，同哥哥一样天赋异禀。

莎士比亚的妈妈用继承来的财富抚养两个孩子，因为莎士比亚在文学方面颇具天赋，所以他考上了文法大学，在那里学习拉丁文，阅读奥维德、维吉尔和贺拉斯，学会了语法和逻辑。

从莎士比亚少年时偷猎他人野兔的趣闻逸事中，我们不难看出，他是个不服管教的小孩，再后来，他在当地和一个女孩儿喜结连理，且不出十个月就当了爸爸。再后来，他离开家乡，独自一人来到伦敦闯荡。此时的他对剧院心生向往，渴望在剧院得到一份工作。为了加入剧院，他为后台工作人员牵马，没多久和他们熟悉起来，继而成为剧团的一员，后来还成了颇有名气的演员。他生活在灯红酒绿的大都市，认识形形色色的人。他在生活中打磨作品，将剧目搬到舞台上，越来越多的人折服于他的才华，甚至女王也成为他的观众。

那么，这个时候的朱迪斯过着怎样的生活呢？和普通女性一样，朱迪斯几乎足不出户。她有着不输哥哥的才华，如同雄鹰般向往外面的世界。

然而，父母并没有送她去学校念书，她连语法逻辑都理不通，更别说阅读贺拉斯、维吉尔等人的作品了。她只能翻着哥哥留在家里的书籍汲取知识。

没翻几页，朱迪斯就会被推门而进的父母打断，被叫去缝补衣袜，或者去厨房帮忙，总而言之，她就是不被允许阅读学习。父母虽然措辞尖锐，但在他们看来，这都是为了女儿好。他们和其他父母一样，认为女儿的出路就是嫁人，女儿就应该和其他女性一样适应这个社会，而不是做离经叛道的事。这不代表他们不爱女儿，恰恰相反，他们大概认为自己对女儿视如珍宝。

曾几何时，朱迪斯偷偷躲在储存苹果的小阁楼里写上只言片语，写完后要么藏起来，要么烧干净。后来，父母给她说了一门亲事，对方是羊毛商人之子。此时的朱迪斯不过是个才十几岁的小女孩，她不愿意结婚，哭闹着请求父亲放过，但最终却遭受了一顿毒打。

见强硬的手段无效，父亲采取怀柔手段，他声泪俱下，说朱迪斯要是拒婚，自己会抬不起头，并许诺会给她买项链、连衣裙以作补偿。在父亲低声下气的哀求中，朱迪斯心软了，但是灵魂里的才华与抱负又促使她坚定自我，她决定逃离，逃离这个禁锢她的家，逃离这个小镇。

她很快收拾出来一个小包裹，背在背上，把床单绑在窗户上，然后顺着滑到地上。她头也不回地朝着梦想的伦敦狂奔，这时的她还没到十七岁。

一路上她不停哼唱，就连百灵鸟的歌声也没有她唱的清脆动听。无异于哥哥，她在音乐方面有着无与伦比的天赋，也对剧院心生向往。

她来到后台，勇敢地自我介绍，表达着对演戏的欲望，这引起男人们的哄笑。剧院经理挺着肥腻的肚子嘲笑道："女人是不会演戏的，你见过小狗跳舞吗？"不过他并没有急着将女孩赶走，而是用邪恶的目光在她身上扫了一圈，用暧昧的声音暗示女孩。

她没有地方可以磨炼演技，也无法半夜到小饭馆吃饭，更不可能在大街上流浪。她身怀写作天赋，她想观察男女之间的生活，她想为创作小说积累现实素材。

她还是年龄不大的小女孩，和莎士比亚一样有着灰色的眸子、弯弯的眉毛。演员经理尼克·格林出于同情收留了她，后来，她怀孕了，孩子正是这个男人的。可想而知，作为一个诗人，当灵魂被束缚在女性的躯体里时，她会忍受怎样的折磨。在某个冬夜，这个曾经抗争命运的勇敢女孩了断了此生。她被埋在某个岔路口，即现在的大象城堡旅馆外的公交站台。

我想，在莎士比亚时代，就算出现了才华横溢的女性，也逃不出朱迪斯一般的命运——反抗，但迎来的不是新生，而是消亡。

所以，我不反对老主教说的那句话，莎士比亚时代没有哪个女人的才华能与莎士比亚比肩。毕竟，能创作出百世杰作的人不可能来自无法接受教育、大字不识一个的群体；不可能来自为生活日夜奔波、没日没夜操劳的人群；不可能来自在英国求生的撒克逊人与不列颠人；不可能来自当下的工人阶层。

根据特里维廉教授的记载，那些尚未成年的女性从小就在父母的逼迫下劳作，而社会默认这种现象，法律也没有出台任何法规来保护女性。被时代禁锢的女性群体，岂能孕育出举世闻名的天才？但是，不管是女性群体还是工人群体，肯定会有那么一两个伟人诞生，比如艾米丽·勃朗特及罗伯特·彭斯。然而，史学家们是不会将她们的名字写在历史书上的。

我每次看到书上写着村民淹死女巫、被鬼怪附身的女孩、贩卖草药的姑娘、某位母亲养育出聪慧儿子之类的故事时，就会琢磨，她们明明可以成为小说家或诗人，但是她们被社会束缚，被家庭压制。她们是被锁在家里的简·奥斯汀，她们是处在崩溃边缘的艾米莉·勃朗特。

我们不妨大胆猜测，那些数量宏观、没有署名的诗篇，都是出自女人之手。我记得爱德华·菲兹杰拉德曾经说过，民谣是女人的杰作，因为她们要哄睡孩子，要挑灯织布，靠哼唱来度过漫长的夜。

没有人知道这是不是真相，但是结合我想象的朱迪斯的故事来看，我认为至少有一件事是真实的，即 16 世纪的才女们在社会的压迫下，要么发疯了，要么自杀了，要么远离繁华的城市，独自生活在一座偏远的山村，被当地居民当作性格古怪的巫婆，一个人走完孤独至极的一生。

才华横溢的女性一旦创作出惊人的小说，或咏唱出优美的诗歌，一定会被世俗批判，被百般阻挠。她的灵魂渴望创作，但是世俗禁锢女人的自由。久而久之，灵魂在世俗的折磨下，必然使女性心理受到极大的创伤，从而身体每况愈下。

一个怀揣梦想的女孩只身来到伦敦，却被剧院的演员言语羞辱，被迫忍受莫名其妙的难堪。有些地方的民众以贞洁的名义给女性套上枷锁并加以迫害。无论是过去还是现在，女性仍然被束缚在贞洁的囚牢中，这种枷锁甚至还被赋予宗教的意义。女性若想挣脱枷锁，则要付出巨大代价。

对 16 世纪的女性而言，若想在伦敦自由地写诗写剧，就要做好被世人排挤，过贫穷生活的准备。任何一个后果都可能导致女性自杀，就算她们挨过暗无天日的时光活下来，她们笔下的文字也会发生变化，以前单纯美好的作品逐渐被阴暗吞噬，变得扭曲黑暗。

书架上陈列的每一部戏剧作品，毫无疑问，署名都是男性。这很正常，在贞洁观念的逼迫下，女性即便写出了一部惊天动地的作品，也一定会署上看上去是男性的名字以保平安。即便是 19 世纪的女性也依旧沿袭着这项传统，用虚假男性姓名署名，譬如科勒·贝尔、乔治·爱略特、乔治·桑等女作家。

她们在内心世界里挣扎，但最终依然屈服于现实。虽然这种传统不是由男性设立，但是他们对此乐见其成，并且大肆宣扬（经常被人谈论的伯利克利曾经说，女人应该以不被人谈论为荣）。

深受此种观念侵蚀的女性，自然而然地将隐姓埋名当成正常且光荣的事。世俗在她们的骨头上刻下"隐姓埋名"几个大字，不得抛头露面成为她们的行为标杆。

时至今日，相较于男性，女性仍旧不怎么在乎能不能流芳百世，甚至也不是很在意死后能否将自己的名字刻在墓碑上。她们与阿尔夫、伯特、查斯之辈有着本质区别。阿尔夫之辈在看见美貌的女人与可爱的小狗时，其基因就会开始叫嚣：都是我的！

他们的欲望浓烈，渴望的东西很多。我回忆起，在议会广场、胜利大道以及别的大道上，他们对某块土地乃至某个长着一头黑卷发的男人都想占为己有。

而女人则不同，女人在路上看见一位黑皮肤的美女，也只会平静地与之擦肩而过，并不会想要占为己有，强迫她变成英国女人。

因此，有思想的女人生活在 16 世纪注定会遭遇不幸，她每时每刻都在与自身作斗争。她的才情得不到发挥，心境饱受社会风气的摧残。我不禁想问，创作需要怎样的心境？我们是否能够找到这个答案？

在思考这个问题的同时，我正翻阅着莎士比亚创作的一出悲剧。我不由得想着，他是在什么心境下创作的《李尔王》与《安东尼与克里奥佩特拉》呢？那一定是能够创作出更多脍炙人口、流芳百世作品的心境。可惜莎士比亚对这件事始终闭口不谈，我们唯有从其他地方偶尔知晓些许：他在创作此剧目时一蹴而就，没有半点更改。

在 18 世纪之前，作家们从来不会分享艺术创作时的心境，直到卢梭出现。19 世纪，文学在发展之路上迎来了蓬勃斯，艺术家们开始对创作时的心境侃侃而谈，甚至有人特意为他们书写名人传记，当那些艺术家去世后，后人还将他们的信件整理出版了。

我们无从得知莎士比亚是在怎样的心境下创作《李尔王》的，但可以了解卡莱尔所著《法国大革命》的时代背景，可以洞悉福楼拜创作《包法利夫人》时的境遇，可以体会济慈以诗歌与死亡对峙，与漠然对抗的所感所想。

在阅读大量创作心得时，大家可以发现，所有传世之作都不是轻而易举完成的。作者投入创作的时候，仿佛世间万物都会出来阻挠，生怕世界诞生一部伟大之作。

总而言之，作者创作的过程中会遭遇许多客观因素的干扰，比如狗会不停狂吠，时不时有人打扰，生活拮据还需要挣钱糊口，健康每况愈下。

除此之外，普通百姓对文学的漠然态度更令人心寒——人们无需文学也能够生活，他们不关心福楼拜的遣词造句合不合理，不关心卡莱尔记录的事件可不可考。不被市场认可的作品自然卖不出去。正因如此，许多文学家，如济慈、福楼拜、卡莱尔等人，生活都十分拮据。他们在创作巅峰遭受最严苛的对待。所以，他们的自传中总是带着悲痛的色彩，他们绝望呐喊着"杰出诗人的惨死"。

熬过这场苦难并有作品问世，无异于奇迹，但是，在我看来，从苦难中诞生而出的作品应该与作者一开始的构想千差万别。

我盯着书架的空隙，思量着，男性在创作时都会面临如此巨大的困难，更何况女性。在男权社会影响下，女性若想进行创作，她们遭受的困难与苦痛难道不比男性多很多吗？

首先，生活在 19 世纪的普通女性难以拥有一间独立的卧室，更别提家里还能专门腾出一间安静的房间供其写作，那可是名媛小姐们的待遇。

其次，她们很贫穷。她们手里的硬币是父亲心软的时候给的零花钱，这点钱只够买身衣服，完全不够买书买笔。虽然济慈、卡莱尔他们生活窘迫，但是他们好歹能去法国旅游，付得起单身公寓的租金，远离家人的喋喋不休。

物质生活的匮乏已经让她们受尽苦难，然而，她们遭受的精神打击才是最为致命的。

人们的漠然一度令福楼拜、济慈等作家苦不堪言，可一旦创作者从男性转变成女性后，人们漠不关心的态度将会转变成更恶毒的敌意。人们会对男作家们说：随便写吧，反正我不关心。然而对女作家，人们可不会嘴下留情，只会尖酸刻薄地说：创作？你的创作有何价值？

我又一次逡巡书架，心想我可以借鉴纽罕姆学院或格顿学院心理学教授的著作，来研究苦难对诗人文学创作造成的影响。我想起早先在一家乳制品公司所看到的实验，工作人员逮了两只体格差不多的老鼠，分笼饲养，分别用优质牛奶与普通牛奶饲养。用普通牛奶喂养的老鼠不仅瘦小而且胆小，用优质牛奶喂养的老鼠则油光水滑，十分肥硕，胆子很大。

我突然疑惑，女性艺术家们会拿什么当晚餐，是餐桌上的梅干和蛋奶糕吗？答案并不难找，只需要翻开报纸，找到伯肯赫德爵士发表的内容就行了。我没有心情摘抄他对女性文学创作发表的观念，也懒得搭理英奇主教的批判。哈莱街的教授们跌宕起伏的批判声并不能激起我心中的涟漪。随他们争吵吧，反正我也不会搭理。

此时，我需要摘录的是勃朗宁教授的文章。这位教授在剑桥大学有一席之地，他还是纽罕姆学院及格顿学院的考试出题人。他曾说过这样一句话："批改完试卷后，我发现一个现象，抛开成绩不谈，男性智商普遍高于女性。"

他的言论获得社会追捧。说完这句话后，他返回房间，看到沙发上那个骨瘦如柴、面色枯黄、牙齿暗沉的残疾小马倌。勃朗宁轻声说道："是阿瑟啊，乖巧聪明的小孩。"

依我看，这是两幅互补的画面。值得庆幸的是，多亏资料丰富，我们才能听见他们的言语，看见他们的行为，从中揣测出大人物的想法。

现代人肯定无法认同勃朗宁教授的观点，但时间倒退五十年，勃朗宁仍然拥有不少拥趸。他们思想很简单，认为大人物说的话一定是真理。

想象一下，女儿想要离家学习艺术，父亲却不接受，并用勃朗宁的名言堵住她："勃朗宁曾经说过……"

不仅如此，格雷先生在《星期六评论》中也曾发表过类似的观点，他说："女性存在的意义，就是仰仗男性生存，并为男人服务。"

此类男权主义思想数不胜数，重在强调女性智力平平，无法创造成就。虽然那位父亲并未过多列举此类名言，但是女儿也能感知到歧视的存在。即便是到了 19 世纪，女性看到这类观点也会遍体生寒。试想一下，每次下定决心做一件事的时候，总会有人指着你的鼻子说，你不行，你做不好。无论是谁，长期生活在打压之下都会心灰意冷。女性创作家在这样的环境中

生活，必然会给作品带来消极影响。正因如此，我们才更应该
去反驳那些恶毒的、偏见的声音。

今日，这类偏见大概不会给小说家们带来消极情绪了，毕
竟我们已经看到了诸多优秀的女性小说家。但是，画家的处境
依然艰难，由此不难想象，音乐家的处境也十分难堪。作曲行
业中，女性的处境与莎士比亚时代女演员的处境一样艰难。

讲到这里，我就不得不提到我虚构的莎士比亚的妹妹——
朱迪斯。还记得尼克·格林说过，女人如果会演戏，那么小狗
都会跳舞。没想到两个世纪后，约翰逊博士还能秉持相同的观
点。我还记得在 1928 年，我在阅读与音乐有关的书籍时看见
有人套用过类似的语句去讽刺女作曲家："瞧瞧热尔海娜·塔
耶芙尔女士，我有一句话想送给这位女士，约翰逊博士在谈论
女牧师时说了名言，我借用这句名言，稍作更改，讲给这位女
士听：'先生，女人谱曲无异于狗用两条后腿行走，晃晃悠悠
七倒八歪，也不知道它为什么想着站起来走路。'"[1]

我没有想过，时过境迁，历史竟会重演这一幕。看到这里，
我合上书，把奥斯卡·勃朗宁的人物传记扔到一边，也没有心
情看别人的传记，不用看我也知道这群人对女性艺术家的态度。
显而易见，直到 19 世纪，女性从事文学艺术行业必将遭受百
般阻挠与言语羞辱，时间一久，她们对艺术的热情渐渐被唾沫
星子腐蚀。

---

[1] 参阅塞西尔·格雷所著《论述当代音乐》——作者注

其实，这些现象产生的根源就是父权主义。男性内心深处有渴望高人一等的优越感，他们并不在意女性是否卑劣，他们只是希望通过贬低女性，衬托自己的高尚。无论在哪个行业，他们都要做佼佼者，不允许女性涉足。从艺术界到政治界，无一例外都被男性垄断。无论女性如何低声下气，无论女性给男性带来的威胁多么微小，男性都不允许女性涉足这些领域。

就算是贝斯伯勒女士在致信格兰维尔勋爵时也要放低姿态，先顺着勋爵的脾气表一番态："虽然我对政治很感兴趣，但如您所言，政治不是女性能够触碰的，对于女性而言，最多能在旁人问及其观点时谈论一下自身看法就可以了。"如此，贝斯伯勒女士方才能继续谈论重要议题。

这真是一种怪异的社会现象。或许，女性寻求解放的历史还没有男性反对女性解放的历史更有讨论度。如果有来自格顿或纽罕姆学院的学生愿意研究这个课题，那么该学生根据收集的资料，一定可以撰写出有意思的书。但在此之前，这位学生需要全副武装，自我保护。

话题先略过贝斯伯勒女士，我想，有些话在现在看来会被大家当成笑话一笑而过，但是在当时，这些都是不苟言笑的正经话题。

现在被当作茶余饭后谈资的笑料，在以前可是使人落泪的武器。大家的曾祖母及祖母，谁不是听了这些话躺在床上失声痛哭呢？有多少女性因为这些言论痛苦掉泪？就连弗罗伦斯·南丁格尔也因这些言论哭泣。[1]

你们可能无法体会她们的苦痛，因为你们可以走进大学校园，家里给你准备了独立的卧室，你们无关痛痒地评论说天才不会在意世俗的评价。

恰恰相反，无论男女，天才是最关心外界评价的人群。比如济慈的墓志铭，比如丁尼生，比如……不用我多说什么，也不用我再举例子，事实证明，天才会比普通人更关心旁人的看法。文学创作者无一例外地都对评价很敏感。

这种敏感的天性对文学家来说是一种悲剧。那么，回想我一开始提到的问题：怎样的心境才能让艺术家们创造出更好的作品？创作需要天分，需要努力，需要用最真实最朴素的情感，完整地记录脑海里构建的故事。这么看来，创作的过程中，作者得保持轻松平静的心态。我一边翻看《安东尼与克丽奥佩特拉》，一边揣测莎士比亚在写作时的心境，我猜他一定没受过百般阻挠，没听过百般恶毒的咒骂。

我没能找到与莎士比亚创作心境有关的文字记录，哪怕是只言片语也没有，所以无法了解莎士比亚创作时的真实心境，不过这种结论本身也是对莎士比亚心境的一种探讨。

与多恩、本·琼生、弥尔顿相比，关于莎士比亚的资料少之又少。正因如此，我们不会从他那里体会厌恶、怨愤等消极

---

[1] 弗罗伦斯·南丁格尔所写的《卡珊德拉》，引自 R. 斯特雷奇所著《事业》。——作者注

情绪，我们看到其他作家爆料的逸闻，也不会想到莎士比亚。迷茫、气愤、委屈带来的激荡，在莎士比亚这里归为平息。所以，他的诗歌就像飘浮的云、奔流的江，无拘无束地从他内心涌出。

我想，如果这世界上有人能够完整地写出自己一开始就构想出的文章，那么这个人只有莎士比亚，只有他的心如同耀眼的琉璃，不曾受过污染。

生活在 16 世纪的女性是无法保持纯粹心态的，她们的心已经被世俗敲碎。

我仿佛能看见，伊丽莎白时期的孩童们双手合十，跪在墓地的画面；仿佛看见孩子早早夭折的画面；仿佛看见女性在暗无天日狭小房间度日如年的画面。看了这些画面就会知道，读书写作对女性来说是多么遥不可及的奢望。或许，不久后会出现生活条件相对富裕的贵族老太太，顶着被世俗辱骂成异类的风险，给出版社投稿，并署上真实的名字。

为了不引起男性激动的情绪，不被他们贴上丽贝卡·韦斯特式的女权标签，我需要谨慎用词。男人并不都是趋炎附势的小人，但是比起普通女性，大多男性都会赞颂出身高贵的贵族小姐写出来的诗歌。虽然他们内心瞧不起女性的诗歌，但这并不妨碍他们追捧贵族小姐。

作品是可以体现出作者情绪的，如果作者在创作时处于恐慌、愤怒的状态，那么她的文字就会遭受影响。让我们以温切尔西夫人举例。1661 年，这位夫人出生在贵族家族，后来嫁给了同为贵族的丈夫。她膝下无子无女，最大的爱好是吟诗作对。打开她的诗集可以看到，她不满于女性地位低下，并发出了愤怒的呐喊：

　　我们沦落到如此境地！

　　沦落在错信的迂腐规则里，

　　令人变愚昧的是教养，

　　绝非生来如此；

　　被阻隔在所有促进心灵发展的进步之外，

　　渐渐变得呆板、无知，

　　如他们所期待的那般顺服；

　　假如有人渴望崭露锋芒，

　　怀揣更热烈的梦想，更张扬的志向，

　　定会遭遇巨大的阻碍，

对进步的向往，终究抵不过恐慌。

看吧，她的心境绝对不是处在平静中，外界因素一直在干扰她。愤怒在心中燃起熊熊怒火，将她的专注烧得七零八落。她把人分作两类，其中一类便是企图阻止女性前进的男性。男人是强壮又蛮横的异类，他们能够轻而易举地摧毁女性的梦想，让她们的写作之路变得坎坷难行。

啊！一个试着勤耕笔缀的女子，
被视为胡作非为的异类，
任何美德都无法弥补这种错。
他们叫嚣，说我们乱了性别，失了仪态；
优雅的礼仪、时兴的风尚，
翩翩起舞、梳妆打扮、游玩享乐，
才是我们应该追逐的；
阅读、思考、创作、探索，
只会消减我们的美，令我们光华虚度，
让我们青春的爱慕者止步，
而呆滞地料理家中无聊的琐事，
却被定义为你我最大的价值、最高级的艺术。

在受到重重阻挠后，她只能做最坏的打算，她想着自己的诗可能永远无法正式出版，因而只好写下悲愤的字句直抒胸臆，以作疗慰：

> 为几位朋友，还有自己吟唱悲伤的歌，
> 只因你不曾奢望月桂繁茂成林；
> 躲在树的暗影里，你理应知足。

如果她心里燃烧的怒火能够停歇，如果她不再备受世俗的折磨，那么她的心将如同焰火一样明亮，她的诗歌自然美丽动人：

> 褪了色的丝线永远无法织出，
> 独一无二的朦胧玫瑰。
> 默里先生曾对这两句诗赞不绝口，而蒲柏则模仿过：
> 黄水仙在此刻赢了虚弱的大脑；
> 我们沉沦于花香的痛苦里。

这怎能不为这位女诗人感到惋惜呢！她如此才华横溢，却被逼迫成充满怨愤的诗人。她明明可以写出更多空灵优美的诗歌，却因偏见压迫让她的诗歌只剩仇恨。陌生人嘲讽她，势利眼谄媚她，诗人质疑她，她要如何反抗呢？

我想，她一定独自到乡下，找一间安静的小屋，把自己锁起来。就算她丈夫体贴，婚姻美满，也无法缓解她的痛苦。不过这一切也只是我的猜想罢了，因为我们无法从史料中得知她的人生。不过我从她写的诗歌中可以推测出，她是忧郁的、痛苦的。

我的诗被人唾弃，

我的努力被人嗤之以鼻，

是愚昧的枉然，是任性的错误。

不难看出，诗句中提到的被人非议的努力并不是伤天害理的行为，就像走在田野边上发呆那样。

我的双手偏爱探寻不凡的事物，

远离老套的手段，

褪了色的丝线永远无法织出，

独一无二的朦胧玫瑰。

假如她的爱好真如此奇特，那么也不难理解她的行为会遭人非议。有野史记载，不知是蒲柏还是盖伊，笑话她是"只会瞎写的女人"。还有野史记载，她读完盖伊诗篇《琐事》，嘲讽道盖子不该坐在轿子里，应该去抬轿子才对。对此，默里先生表示这些都是毫无根据的报道，失真且无聊。

然而，我不这么认为，我倒是希望可以看到更多趣闻。毕竟这位夫人的资料太少了，就算是被默里先生评价成失真且无聊的报道，也能为我提供一些线索，使我得以勾勒出她的轮廓。我猜想，她一定爱在乡野的田边散步，偏好稀奇古怪的东西，想象力丰富，讨厌做家务。默里先生评价她没有规矩。她的天赋犹如荒废的田野最终长满杂草与荆棘，她后来再也写不出那样灵动的诗歌了。

我将她的诗集放归原处，又抽取了另一位女士的诗集，是纽卡斯尔公爵夫人，名为玛格丽特。她出身贵族，性格单纯，虽然比温切尔西夫人大一些，两人却算是同时代的人。公爵夫人婚姻美满，未养育孩子。她热爱诗歌，却也在创作诗歌的道路上行走得遍体鳞伤。

不出所料，公爵夫人的诗句也充满对世俗不公的怨愤："女人，像蝙蝠或猫头鹰那样活着，像牲口一样干活，像虫子一样死掉……"

以玛格丽特的才华与勤奋，她本可以在文坛上大显身手，如愿以偿成为诗人，可惜生错了时代。如果她生于现代，以她的天资，无论在哪个行业都能成为领头羊。

她的才华如野马般不受约束，像原石般未受雕琢，她本应该接受教育，使她的天赋得以精心打磨，得到进阶。令人惋惜的是，她生在那个时代，只能凭借与生俱来的才华写出不受琢磨的诗词，很快，她的诗集就会被遗忘在满是文学作品的书架上蒙尘。她们本应该手持天文望远镜观察星空，本应该手持显微镜观察生物，本应该受人指导成为历史洪流中的明珠。然而，她们什么也没有。

她无人教导，每天听到的不是无缘无故的谩骂就是趋炎附势的奉承。她的天赋就像肆意生长的大树，无人修枝，肆意自由过了头就会发生变化。她曾被埃杰顿·布里奇斯爵士嘲讽："真看不出来她居然是在宫殿里长大的贵族小姐。"

后来，她躲在韦尔贝克孤独终老。玛格丽特的一生会让人联想到一幅寂寥的油画，画中的黄瓜挤占玫瑰与康乃馨的养分，夺取它们的空气，黄瓜生长得异常好，而鲜花却死掉了。

她曾经说过这样一句话："女人富有教养的标志是开化。"然而说出这句话的女人却虚度光阴，她总是花费时间去写无关紧要的东西，然后过得越来越荒唐。后来，她出门会遭到众人围观，这是多么悲伤的一件事。人们把她污化成巫婆，每当有女孩想要读书时，人们就会讲述"巫婆"故事恐吓她。

我把公爵夫人的诗集放回原处，换了一本多萝西·奥斯本的书信集，因为我突然想起，这位女士在致信坦普尔时提到过公爵夫人。只见书中写道："那可怜的女人果然疯了，她居然去写书，写的还是诗歌！我哪怕两周不合眼也不敢干这样的事。"

多萝西认为拥有清醒理智的女性不能写诗出书，所以这位性格与公爵夫人天差地别的女士除却书信外再也没写过什么东西。人们并不限制女性写信，她们可以在卧病在床的父亲身旁写信，可以围着火炉，边听男人们高谈阔论，边安静地写信。

令人感到惊讶的是，多萝西明明没有接受过教育，我却能从她书信的遣词造句中体会到这女孩的创作天赋。我在此摘抄一段：

"吃了饭，我们坐在一起谈天说地，聊到B先生的时候我就离开了。我读了会儿书，干了一些活儿，不知不觉中已经度过最热的时候了。下午六七点，我出门散步，来到不远处的公地，不少女孩聚在这里放着牛羊。在树的阴影里，她们唱着歌儿。我踱步过去，想着书上所写的古代牧羊女，但又发现她们的美貌和歌声与古代牧羊女并不相同，但两者都十分单纯。我们很快聊起天来，她们表示并没有什么奢求，只希望能够开心地过完一生。交谈中，我注意到一个女孩在四处张望，她看到自己的牛跑到了田里，于是飞快追着牛跑过去，好似脚上生了翅膀。跑得不快的我只能坐在原地看着她们，当她们赶着牛羊回家的时候，我也起身归家了。吃过晚餐，我穿过花园走到河畔坐下，此时的我多么希望你能在我身旁……"

看吧，从节选的一段书信看，她真的很有天赋。不过遗憾的是，她把写作当成可笑的事。瞧瞧，一位富有才情的女士认为写作是疯狂的、荒唐的，可想而知当时社会对女性写作这件事的打压力度有多大。

很快，我把多萝西的书信集放了回去，抽出班恩夫人的作品。

我们迎来了班恩夫人，同时也迎来了转机。且与那些贵妇人作别，把她们孤芳自赏的书留在庄园里就好。现在，我们要去车马喧嚣的街道，融入熙熙攘攘的人群。

作为中产阶级的一员，班恩夫人和普通人一样，幽默、开朗、勇气十足。在丈夫去世、经商失败之后，她靠着智慧活了下来。她像男人一样工作，勤奋努力，赚取的钱足够她糊口。

这件事比她所有作品都重要，无论是颇有名气的《殉道一千次》，还是《爱在奇妙胜利中》，都不如这件事情带来的意义重大。究其原因，这意味着女性思想的禁锢被打破，久而久之，她们就可以随心所欲地写诗，她们的诗歌不再充满苦难的怒号，而是散发出自由的芬芳。

女孩们从班恩夫人的事迹中获得勇气，她们会告诉父母，自己可以像班恩夫人那样写书挣钱，不用再花家里的钱了。不过这也只是理想情况，现实是，即便在班恩夫人逝世很久后，父母们在听到女儿发表类似观点时仍旧会暴跳如雷，大声怒吼："你要学习班恩？好！那我就当没有生出你这个女儿！"话还没说完就大力关上门把女儿拒之门外。

这里牵扯到一个很有意义的话题：男人过于重视女人的贞操，以至于影响到了对女性的教育。如果格顿学院或纽罕姆学院的学生有兴趣研究这个课题，一定可以写出有意思的书。

我想，用这样的画面作卷首页一定很合适：穿金戴银的达德利夫人坐在荒芜的野地中，身上爬满恼人的蚊虫。《泰晤士报》在达德利夫人去世当日发文称：达德利勋爵聪明、高贵、优雅、热衷公益，但是阴晴不定，尤其对待妻子十分霸道。无论去哪儿，狩猎场也好，林中小屋也罢，他都要求妻子精心打扮，因此也赠给妻子数不清的金银首饰。他给了妻子富饶的生活，却不让她做任何工作。在他中风后，达德利夫人一边照顾他，一边打理家产，井然有序。这种风气一直延续到了19世纪。

言归正传，班恩的故事给女性上了一课：如果有放弃世俗强加美德的勇气，那么靠写作赚钱不是一件惊世骇俗的事情。

慢慢地，女性写作赚钱不会被当成只有神经病才会做的事，这是一份可以养家糊口的正经工作。

谁也说不清意外和明天哪个先到，另一半或许会先走一步，家中或许会飞来横祸。18 世纪初，许多女性开始写小说和做翻译，以赚钱补贴家用。虽然她们的文字在教材上无法找到，但是街边书摊的廉价书里却比比皆是。

18 世纪末，在女性可以依靠写作获得报酬的前提下，越来越多的女性从事脑力工作。她们到处演讲、赏析莎士比亚剧作、翻译国外名著。一件事情，如果没有报酬，就显得没有价值了，会被当成不务正业的行为；而有了报酬，就会被当成正经工作。人们就算随意嘲讽女性写作不过是装模作样地乱写一通，也改变不了女性可以通过写作挣钱的事实。

这一时期，文学史上出现了转折：出身于中产阶级的女性加入了写作行列。这是一件极具历史意义的事，其价值甚至在十字军东征和玫瑰战争之上。如果由我来撰写历史教科书，我一定不遗余力、事无巨细地将此次事件阐述清楚。

如同《傲慢与偏见》《米德尔马契》《维莱特》《呼啸山庄》在文学史上有着不可或缺的重要意义，女性的创作同样不可或缺，其意义深远到哪怕我用一个小时阐述，也无法完全说清楚。这代表跨入创作者行列的不再只有自恋的贵族夫人们，还有普通女性。

没有开路的先驱，就不会有后来的简·奥斯汀、勃朗特姐妹、乔治·爱略特等人。每一位文学巨匠都是站在先驱的肩膀上看世界的，没有这些湮灭在历史长河的先驱们，就没有乔叟，没有乔叟就没有马洛，没有马洛就没有莎士比亚。所有惊为天人的作品都不是凭空产生的，它们从漫漫岁月中的人类文明衍生而来，每一部作品发出的都是人们的心声。

简·奥斯汀理应为逝去的范妮·伯尼奉上一束花，乔治·爱略特应该向伊莉莎·卡特致敬。为了督促乔治·爱略特学习，年老但倔强的伊莉莎在乔治的床头系上铃铛，生怕她错过希腊语的学习。

我们这些普通女人都应该纪念班恩夫人，买束鲜花放在她的墓前。她去世后被葬在威斯敏斯特教堂的墓园里，这件事引起了轰动，为世人所不解，但细细想来却又符合道理，因为她生前的行为让女性觉醒了，让社会知道女性依靠写作每年挣五百英镑不是什么惊世骇俗的事。

时间来到19世纪初期，我惊讶地发现，女作家的书明显多了起来。我大概看了一遍女作者作品的标题，发现大多是小说。为什么她们如此钟情小说呢？

按理说，作家创作的第一部作品应是诗歌才对。被誉为"诗尊"的诗人就是女性。在英法两国，女诗人往往比女小说家更受爱戴。

回想上述四位有名的女作家，找找她们是否有什么共同之处。除了没有孩子，夏洛蒂·勃朗特和简·奥斯汀再无相同之处，乔治·爱略特和艾米丽·勃朗特也截然不同。她们四人看上去似乎不可能有共同语言，也正因如此，她们要是聚到一起开茶话会，那才叫有趣。

不过，如此性格迥异的四个人，拿起笔创作的时候却无一例外地选择了小说。我有些好奇，她们选择小说是不是和她们的家庭背景有关？毕竟，她们都来自中产阶级，没有自己的房间，只能在客厅里写作，这就导致她们的注意力总会因家人的打扰而分散。如同南丁格尔女士说的那样，对于女人而言，没有任何时间属于自己，哪怕只是三十分钟。因此，比起需要安静的环境和高度的注意力创作诗歌，创作小说对于女性来说更加方便。

简·奥斯汀的侄子回忆道："她能写完这些小说实在令人钦佩，要知道，她家里并没有条件为她腾出一个单间来写作，她也没有自己的卧室，我想，她的作品应该都是在客厅里写完的，并且还要经常忍受别人的扰乱。家里人不知道她写小说，她总是小心翼翼地藏起书稿，避免被家人、客人、用人发现。"[1]

19 世纪初，女性只能通过观察人物、体会感情的方式来积累创作素材。几百年来，家里吵闹的客厅一直是女性训练感知力的教室。她们能看见人情往来，厘清人物关系，她们能与人们产生共情，体会别人的感受。于是，她们拿起笔，自然地写出了小说。不过，我提及的四位女作家并不都是天赋异禀的小说家。艾米丽更富有创作诗歌和歌剧的天赋，乔治·爱略特更

---

[1] 请参阅詹姆士·爱德华·奥斯汀所著《回忆简·奥斯汀》。——作者注

适合当历史学家。

但是，她们都选择写小说，并且大获成功。我抽出《傲慢与偏见》——一部就连男性也承认不可多得的优秀作品。

如果你写的小说是《傲慢与偏见》，你完全可以大方展示，因为你写的是无与伦比的名著。但是简·奥斯汀却会因房门会发出嘎吱声而感到开心，这样她就可以趁别人进来前遮掩书稿。就算是简·奥斯汀也觉得写小说是丢人现眼的事，即使她写的是《傲慢与偏见》。

我在想，如果简·奥斯汀从不在人前掩饰她写作的事实，那么《傲慢与偏见》是否会更加引人入胜？令人惊讶的是，我翻开书仔细读了几页，并没有在她的文字中发现她现实生活的影子。这可真是厉害，试想一下，在一本由19世纪初的女性所创作的小说中，没有对生活的抱怨，没有对世俗的怨愤，没有说教，没有抗议，这多么神奇啊！

接着翻看莎士比亚的《安东尼与克里奥佩特拉》，我认为，莎士比亚和简·奥斯汀两人是有共通之处的。他们在写作的时候，内心都不受外物干扰，他们以平和宁静的心境去书写，把自己融入作品中。

简所生活的环境也会给她带去许多委屈，和普通女性一样，她不能一个人出门，她的生活被禁锢在小小的房间中。她没有远游过，不能独自乘车去伦敦旅行，不能独自去餐厅吃饭。当然，她也不会奢求这些，她知足且常乐，因此她能在那样的环境中活着。

夏洛蒂·勃朗特和简不一样。我合上《傲慢与偏见》，打开《简·爱》。

夏洛蒂在第十二章中写有"备受非议"一句，我有些好奇，为什么她会备受非议？在书中，法克斯夫人制作果冻时，简·爱趁其不备溜到房顶上望远。接下来的一段话是简·爱的心理描写，这段独白成为夏洛蒂被诟病的把柄——

"我祈望我的目光能越过那些繁杂，抵达远处的繁华，让我看看耳闻过，却未见过的城市。我想要积累丰富的人生经验，想要结识更多人生挚友，想要观察各形各色的人。我尊敬费尔法克斯夫人的品德，我知道阿黛拉的优点。但这个世界上一定存在其他的个性，我想亲眼去见识一番。"

"被我的想法冒犯到的人肯定会指责我，野心勃勃、不安分是他们给我下的判词。但是我没有办法，我的灵魂生来躁动，不愿屈于平庸，说实话这令我感到痛苦……"

"知足常乐的宣传语就是一句空话，与其在稳定的现状中麻木生活，不如行动起来，就算无法觅得出路，也可以踏出一条新的道路。"

"许多人只能在麻木的生活中沉默，但也有许多人在麻木的生活中抗争。我们也不知道，处在这世俗的百姓中，是否正在累积反抗的欲望。"

"所有人都觉得女性应该沉默，应该安分守己，没有人能体会女性的感受，她们和男人一样，渴望有处施展才华，她们也有梦想要追逐。她们和男人一样，也会在长期的压抑与约束下窒息，也会绝望。独占鳌头、垄断资源的男性却以一副自大的面孔评判女性，称女性只能在家做布丁、织袜子、弹钢琴、绣荷包。而男性见女性冲破世俗教条，去学习、去工作，他们就会毫不留情地嘲讽批评。"

"我独处的时候，总能听见格雷斯·普尔的笑声……"

这一段的转折显得很突兀，格雷斯·普尔的出场显得莫名其妙，一下就打乱了行文节奏。

我将书放回书架，正巧挨着《傲慢与偏见》。

不知是否有人评价夏洛蒂比简·奥斯汀更具天赋。不知道说这句话的人有没有注意到《简·爱》那段文字生硬的转折，文字间所透露出的愤怒说明作者难以施展才华，她的作品因愤怒而变形。她本该字字珠玑，落笔却措辞笨重，她把自己写成了角色。她与命运斗争，怎能不痛苦、委屈呢？所以她抑郁而终，年纪轻轻便弃世而去了。

假设夏洛蒂每年能拿到三百英镑的生活费，情况又会是什么样呢？她实在太老实了，以一千五百英镑的价格卖掉了作品版权。假如她的视野再开阔些，在看尽繁华、累积了人生经验后，她的人生会有什么变化呢？

那个突如其来的转折，不只是她一个人的问题，也是女作家们普遍有的问题。她们的天赋在日复一日的无聊生活中渐渐变少，她们能眺望到的景色只有田野，她们没有机会去繁华的都市增加见识。她们若是能够见识各色风景，结识各色人群，那么天赋一定会有所成长。

然而现实何其残酷，世俗对女性的禁锢让她们的天赋止步于此。多么可悲，写出《维莱特》《爱玛》《呼啸山庄》《米德尔马契》的作者，只能在牧师家里做事。她们没有独立房间，只能在客厅写作，甚至没有钱买更多的纸。

值得庆幸的是，乔治·爱略特脱离了这窒息的环境。不过她也不是去大城市，而是逃到了坐落在荒无人烟的圣·约翰森林的别墅中。

就算与世隔绝，她也逃不脱世俗的非议。她写道："我希望大家明白一个道理，我不会邀请不想见我的人来。"

她遭受非议的原因是她不顾世俗，和有妇之夫生活在一起。不得已，她屈服社会压力，搬到与世隔绝的地方生活。

而此时，生活在欧洲另一端的男士却可以左拥右抱，一会儿和吉卜赛女郎缠绵，一会儿向名媛贵妇倾诉爱意，前一秒在风流场言笑晏晏，后一秒可以端枪进入战场。精彩的人生经历成为他创作小说时不可或缺的题材。

如果托尔斯泰也和爱略特一样遭受非议，搬到乡下与世隔绝，那么这个世界上就不会有《战争与和平》。

我们还可以进一步研究性别对小说创作的影响。视一部小说为一个整体，它虽是人类创造的产物，却可以像镜子一样映射生活。总而言之，小说能映射作者的内心世界，有时候是方的，有时是塔状，有时候是拱廊，有时候是侧翼，有时候是索菲亚教堂的屋顶。

我想起几本名著，一开始，某种形状可以和某种情绪对应，但是这种情绪很快就会和另外的情绪结合，毕竟这种形状并不是堆砌城堡的砖块，而是人物之间的关系。

正因如此，我们阅读小说会产生复杂的情绪。现实和理想发生了冲突。人们在评判某部小说时，总是众说纷纭，毕竟大家的审美不尽相同。举个例子，人们在读完小说后，对约翰的结局持有赫然迥异的看法，一些人认为约翰不能死，否则他们的灵魂也跟着约翰死去，而另一些人认为，约翰死亡才能让这本小说合理发展。

与现实生活冲突的是想象世界。如果说小说是生活的映照，那么我们就可以用现实中的标准去看待小说。有人说，我最厌恶詹姆斯那种人，又有人说，简直胡说八道，我怎么没有感觉出来。名著所表达的情感无一不是繁杂的，它整合了五花八门的观点，融合了各种各样的情愫。

惊人的是，这类小说往往能流芳百世，无论哪个国家的读者，英国的也好，俄罗斯的也罢，抑或是中国的，在阅读的时候都能明白作品的中心思想。这就是世界名著的魅力，不过能成为世界名著的书籍却寥寥无几。

只有少数作品才能成为世界名著（比如《战争与和平》）并流传至今。成为世界名著的必要条件就是真诚。这里的真诚并不是说不欠钱、不无赖，而是小说家对读者的推心置腹。

小说家勾勒的世界、描述的事件，能让读者信以为真。读者虽然没见过这样的世界，没经历过这种事件，没见过这样的人，但是通过小说家的描述，会信服。我们读书时，会把书凑到灯下，仔细品味每一句话，神奇的是，我们的内心仿佛也有一盏灯，能够看清楚作者是否真诚。或许，大自然一时兴起，用无色的墨水在我们的心脏上刻画一些东西，而文学巨匠创造出的伟大作品，如同火光。在火光下，这些隐形的图案逐渐显现。此时读者与作者产生共鸣，人们开始狂欢。这些书籍被世人捧在手心，认真安放，我也是怀着同样的敬佩之心将《战争与和平》放好了。

不乏遇到这种情况，你看到一篇文章，遣词用句极为华丽，首次读的时候只觉得内心荡漾，想细品研究时，发现不过是堆砌的华丽辞藻，毫无深远的意义。于是，你只能大失所望地把书放回原处。

小说大多都会有这样那样的不足。有时候，想象力太过悬浮，无法掌控；有时候，观察力变得愚钝，分不清真假。他们对于需要长期消耗精力的繁复工作无能为力。

我将《简·爱》与其他小说做了对比，不禁产生疑惑：性别会对小说家这个身份造成影响吗？在我看来，真诚是小说家必不可少的品质，难道真诚会因为性别而发生改变吗？

从前文所摘录的《简·爱》的片段不难看出，夏洛蒂的才华因为怨愤而无法完整施展。她的笔尖偏离了构建小说的轨道，转而发泄个人情绪。她想去环游世界，却只能在家里日复一日地织袜子。现实与理想的差距让她心生怨怼，污染了她的想象力。

引诱她想象力脱轨的因素不只是愤怒，还有无知。罗切斯特的角色脱胎于黑暗的想象。读者从中感受到了恐惧，感受到作者因压抑而产生的刻薄，感受到创作热情下的怒火。

小说与现实生活息息相关，二者之间甚至可以画等号，因为小说所呈现的价值观也是现实中存在的价值观。显然，男女的价值观是不一样的，但社会价值观以男性价值观为主。比如，踢足球、搞体育被宣扬成大事，而追逐潮流却被贬低成小事。

这种价值观由生活渗入小说。评论家点评小说时，谈论战争的小说被他们抬高为意义非凡的著作，描写情情爱爱的小说被他们贬低为不入流的靡靡之音。在他们看来，战场背景的设定更高级，这就体现出价值观的差别。

正因如此，19世纪的女作家们为了迎合彼时的价值观而选择了妥协。阅读以前的小说，根据作者的态度就能看出她们是在妥协。她们的态度时而强势，时而软弱，时而破罐子破摔附和"自己是区区弱女子"，时而又强盛起来争辩"谁说女子不如男"。面对外界质疑，她们随心回复。但是这不重要，重要的是她们本应围绕作品运转的重心脱轨了。

散落在旧书店的一本本小说，仿若一个个腐烂的苹果。她们屈服于世俗，作品里的价值观也随波逐流了。价值观之于小说，如同苹果核之于苹果，本质上已经坏掉。我们应该以这类书为戒。

当然，我们不能责备她们。当时那个父权社会下，有几个人面对不留余地的苛责还能做到面不改色、保持初心？世界上能有几个简·奥斯汀，几个艾米莉·勃朗特呢？名垂青史是她们应有的荣誉，只有她们能在当时的社会环境下，坚持用女性的笔触创作。

那时候，从事写作的女性少之又少，而她们没有被那群故步自封的老学究影响。那群老学究一直在她们耳边唠叨，指导她们写作，有时抱怨，有时训斥，有时霸道，有时怜悯，有时惊讶，有时生气，唯独不愿停下来，还女作者们一片清静。他们总是忍不住训斥女作者，像严厉的教师或埃杰顿·布里奇斯爵士似的，时刻提醒女性保持温柔体贴的形象。他们甚至以写诗的方式敲打女性[1]，她们只能在男人制定的规则下拔得头筹。"……女性小说家若想获得成功，就必须认识到性别的自限性。"[2]

这句话揭露了真相，更让人惊讶的是，这句话并非诞生于1828 年，而是 1928 年。这些观点放在现在简直贻笑大方，但是在一个世纪之前，却是社会的主流思想。我不想翻旧账，不过是看到什么说什么。

1828 年的女性必须具有坚定不移的信念才会不为外界流言蜚语所动；必须具有一往无前的孤勇才能踏进文学乐园。她

---

[1] "女性更在意形式，这是非常危险的，毕竟女性和男性不同，她们无法在使用修辞手法时完整表达自己的思想。女性在这个方面确有不足，因为和男性比起来，她们的大脑太简单了。"《新标准》，1928 年 6 月——作者注

[2] "你若是那位记者，也会笃定，女性小说家若想获取成功，就必须认识到性别的自限性。（简·奥斯汀给我们做出了完美的示范……）。"《人生和信件》，1928 年 8 月——作者注

们想，文学是公平的，文学是无法被收买的，文学对每个人都敞开大门。就算你是学监，也不能把我赶出草坪，就算你锁上图书馆大门，也锁不住我自由的灵魂。

诚然，外界的非议对女性创作的影响不可谓不大，然而，相较于她们所面临的另一重困境而言，外界的流言蜚语就显得无关紧要了。她们发现，最大的问题是得不到传统的支撑，以至于无从下笔。女性只能从母亲口中了解往日岁月，而男性只能提供乐子，无法提供帮助。

就连兰姆、布朗、萨克雷、纽曼、斯特恩、狄更斯、德·昆西等人也无法给女作家有效的建议。女作家从他们那里借鉴来的精妙手法，一运用到自己的作品中就会显得格格不入，毕竟男作家的思维在力道、速度和跨度方面都迥异于女作家，所以很难为女作家所用。

女性在创作时最先考虑的问题可能是：有没有手到擒来的句式可以用。狄更斯、萨克雷、巴尔扎克等小说家几乎都是下笔如有神，行文如流水，表现力极强，同时又不轻薄不造作。他们的作品各有千秋，但也是雅俗共赏的。

他们在创作时也会选用时兴的句式。19 世纪的典型句式大致如下："他们的作品之所以杰出，是因为他们没有半途放弃。不断地提升艺术创作水平，不停地创造真善美，是最令他们开心满足之事。成功使人进步，细节决定成败。"这些都是男作家们惯常使用的句式，就连约翰逊、吉本等作家也不例外，不过它们完全不适合女性使用。

夏洛特虽然在散文方面天赋异禀，但一旦使用了笨重的武器就注定会摔跤；乔治·爱略特在这方面吃的亏多到数不胜数；简·奥斯汀只会发出一声冷笑，自创贴合小说的优美句式。正因如此，她的才华虽然不及夏洛特，但是她更能完整地表达自己的想法。

写作的重点在于是否能够自由完整地表达自己的想法，而女性正好缺失传统和工具，这对女性的创作造成了严重影响。写书并不是简单地把句子连起来，而是字词句的建构，就像建设拱廊或天花板。男性结合自身需求所构建的句式只能为男性所用。

没有证据表明，女性更适合写史诗或诗剧。在女性投身小说家行业前，其他创作行业早已饱和，创作套路都已固定，唯有小说还算是蓬勃发展的新兴产业。这多半也是女性选择小说创作的一个原因。话虽如此，但时至今日，"小说"创作还是最适合女性投入的文学产业吗？

不可否认，如果她能自由自在地大展身手，她就会把小说锻造成最适合自己的事业，构建出崭新的、不局限于韵文的表达方式来抒情达意。我在想，现在的女性会使用韵文或散文之类的文体去创作五幕诗歌悲剧吗？

答案留待以后再思考讨论吧！我不得不结束这个话题了，毕竟它与我所要讨论的中心问题关联不大，它吸引我偏离轨道，牵引我走进迷雾森林。我不愿意同你们谈论关于小说的未来如此沉重的话题，我想大家对此也不太感兴趣。

我只浅浅地谈几句，请大家集中精神。说到女性小说日后的发展，物质条件起着重要作用。写作与身体条件是息息相关的。女性写的小说比男性的作品更简短，因为她们无法避开这样那样的干扰。

除此之外，男女的大脑构造也是有差异的。只有找到适合自己的方式，才能使其发挥最大的作用。举个例子，几个世纪之前，有位和尚创造出长达数小时的课程，我们的大脑真的适应这种课程吗？对于大脑来说，哪种程度的工作，哪种程度的休息，才能算合适呢？当然，休息并非什么都不做，而是做其他什么事，不过那些事又有什么不同呢？

这也是"女性和小说"主题下的一个课题，等待我们去研究、去探索。我又来到书架前，思考哪儿会存放着研究女性心理的著作。如果以女性不擅长踢足球为由，禁止她们当医生——

幸好，我的注意又被其他东西吸引。

五

我边走边看，最终踱步到"名家名作"面前。这里的作家有男有女，现在男女作家的作品数量基本持平了。

换一个角度来看，现实并不只是这样。尽管男性仍旧比女性擅长沟通，但女性不再只是创作小说了。

在书柜上，我看到了格特鲁德·贝尔写的波斯游记、弗农·李的美学作品、简·哈里森的希腊考古记录……各式各样的书籍记录了上一代女性未曾涉足的领域，学术著作、游记传记、诗歌戏剧、文学评论，不胜枚举，更有甚者，还有女性写下了与经济学、科学、哲学等相关的作品。

现在的作品依旧是以小说为主，但由于小说已经和其他作品脱离了，因此它也有所改变。

当今时代，恐怕已经看不到女性创作的史诗中所包含着的纯真天然了。她们通过阅读书籍、参与评论开阔了视野，观察事物的角度也更加细致。她们大抵上已经实现了将自我感受付诸纸笔这一念头，也大抵上将写作当作艺术，而不是单纯的宣泄自我的工具。

我们将在这些新型小说里探索答案。

我随手拿出了一本书。它放在最上面，是今年 10 月出版的新书——玛丽·卡米克尔所著的《人生的冒险》。

我喃喃自语地说，这本书应该是她的第一部作品，不过还是把它当成系列书的结束书籍阅读比较好，它可以作为我之前所阅读的阿芙拉·班恩的戏剧、温切尔西夫人的诗歌、四个伟大小说家的作品的结尾。就算我们已经习惯了看单行本，但实际上书籍之间也是有连贯性的。更何况，我得把这位我不了解的女作家当作前辈作家们的后代。我之前不了解她们的遭遇，眼下正好能借此机会察看一下她们的后人经历怎样的限制，又发展出了什么样的特点。

于是，我坐了下来，拿出笔和纸，仔细阅读玛丽·卡米克尔的处女作，希望能从中有所发现；但是，我又忍不住叹了一口气，因为我想起小说是止痛药，而不是解毒剂，它只会让人变得麻木不清醒，实在是治标不治本。

我先翻开一页，从第一行看到了最后一行。我告诉自己，要先记住她的表达方式，再去记住棕色眼睛是谁、蓝色眼睛是谁、罗杰和克洛伊有何关系。我先要弄明白玛丽·卡米克尔是在用笔书写还是在拿锄头锄地，而后才能看清其中细节。

我在看了两句话后，便觉得这书文笔欠佳，上下文之间的过渡也不够自然。它的行文是割裂的，时常会跳出一个宛如暗夜火星般突兀的字词。这很像旧戏文里所说的，这个作者在努力"施展才华"。

我暗想，她似是个努力在划火柴却始终擦不出火花的人。

她似乎就站在我前面，我不禁想问她：你为何不借鉴简·奥斯汀的句式呢？难道伍德豪斯先生和爱玛不在了，那些句式就不能继续使用了吗？

若真如此，我会忍不住叹气惋惜的。

简·奥斯汀的遣词造句曼妙至极，宛如莫扎特的乐曲，悦耳和谐；而这本书则是让我感觉自己独坐在一叶扁舟上，漂泊在海上，并随着海水上下起伏。她应该知道社会对女性作品的评价大多华而不实，便想着改变，故意加上了曲折的情节；也有可能，她心中既有恐惧，又害怕表述后被人说故作伤感，所以她的作品才会出现这种断层和割裂。

我无法确定这是她自创的一种风格，还是对前人做法的传承。但是，当我仔细欣赏过一个段落后，我感觉她是个有趣的人。就字数而言，该作品只有《简·爱》的一半，虽然读起来并不会让人觉得无聊，但是作者所引用的现实素材实在是太多，可以删减一半。不过她还是巧用心思将书中的各个角色——比格汉姆先生、奥利维亚、克洛伊、罗杰等人都安排在了一条逆流而上的船上。

我往后靠在椅子上对自己说，先等等，在进行更深层次的判断前，我得全面地思考一下。

我基本能断定玛丽·卡米克尔没有墨守成规。我觉得自己正坐在一辆过山车里，车头本应该向下冲去，结果下一秒却直线上升，玛丽是刻意这样安排的，她先是改变了句法，现在又改变了次序。

好的，只要她是以创作为前提，而不是只想着突破，那么她就可以不遵守这两项传统写法。目前我无法确定她是为了什么才这样做的，可能是她必须得面对某个特定的情景。我如是告诉自己。要给予创作者自由，让她可以全力发挥自己的想法，她想用多少个水壶与铁皮罐去打破局面都是可行的。不过，与此相对应的是，作者也要有实力让我相信这就是她所面对的特定情景。当作者自己作出决定后，她不得不去面对这样的情景。她在写作时一定要全力以赴，只要她尽到了作者的责任，那么我也会尽到读者的责任，于是我就抱着这一想法翻开下一页。

不好意思，我要不合时宜地插几句话。

不会有男子的戏份吗？你可以确定躲在那红色窗帘后面的不是查特莱斯·拜伦爵士吗？你敢确定大家都是女的吗？

我得告诉大家，我现在读到的话是这样的："克洛伊的心上人是奥莉维亚……"

我在看到"克洛伊的心上人是奥莉维亚"这句话的时候，仿若发现了一种伟大变化。

在文学作品中，克洛伊可能是第一次对奥莉维亚心动。

克莉奥佩特拉爱上的不是奥克泰维娅，但若真的爱上了，那么《安东尼与克莉奥佩特拉》便会发生巨大的改变。

我当下想的事情暂时和《人生冒险》没有关系。我在想有没有人会勇敢地说出口，指出这场戏被肆无忌惮地简单化了，成了一个落俗的情节呢？克莉奥佩特拉只会嫉妒奥克泰维娅吗？她想的都是我与她相比如何吗？她想的都是我要怎么才能梳出来她的那种发型吗？除了这种嫉妒之情外，整个情节再没有其他情绪了。

但是，倘若这两个人的关系不那么简单，那这场戏一定会更精彩。

我大致回想了这部伟大的长篇著作中的女性角色，只感觉女性之间的关系太过单薄了。很多情节都被省略了，并没有详细展开。

我又努力回忆了一遍早先看过的小说，试图在其中寻找与这两个女子的友谊有关的描写，然后我找到了《岔路口》，只有这本书里有类似的描述。可是在拉辛创作的古希腊悲剧里，她们有时是母亲和女儿的身份，有时候则是闺蜜。

无一例外的是，女性角色都是依附于男人而存在的。细细想来这实在是不合理，女性角色无论重要与否，在简·奥斯汀执笔成书之前，她们都是处于男性审美之下的，女性形象都是依靠于男性角色而存在的。

可是，在现实中，女人的一生只有少部分段落和男性相关，男人对此却毫不了解。在"性"的驱动下，男人们在看待男女关系的时候永远都戴着有色眼镜，黑色的或桃色的。

或许就是因为如此，这些作品里的女性角色才会那么单一。就性格而言，她们或天真善良，或心如蛇蝎；在生活上，她们或郁郁寡欢，或得意扬扬；论长相，她们或美若天仙，或貌若无盐。这一切都是站在男性角度审视女性的，这些也都只有热恋中的情侣，或者感情将散的情人才会感觉到。

不过到了 19 世纪，小说家所创作的女性角色慢慢丰满了起来。有一说一，可能就是因为男人们开始想要描写女性，因此才逐渐转型发展小说创作，不再致力于情绪高昂、无法刻画细腻的女性角色的诗歌戏剧。可就算是这样，我们从普鲁斯特的文字里可以看出男人还是没有真正地了解女人，当然，女人对男人的了解也是片面的。

我读着眼前的这页，又继续想着一个事实，那就是女人不只对家务有兴趣，她们无异于男性，也想向外探索。

"克洛伊的心上人是奥莉维亚。她们使用的是同一间实验室……"之后的情节是：两位女性在切割肝脏，应该是为了医治恶性贫血病。虽然她们中有一个人已经成了家，还生了两个孩子。我觉得我之前想的是正确的，不过这些并不能写在纸上。所以原本该在小说中大放异彩的女性角色又变得单薄无趣了。

具体地说，我们可以先把文学作品中的男性角色假设为女性角色的附属品，他们的身份只能是女性的情人，不可能是思想家、军事家、冥想家，那么这些人在莎士比亚的作品中戏份一定会很少，这对于文学来说难道不是一大损失吗？奥赛罗或安东尼可能会保留一部分情节，但是杰奎斯、李尔王、哈姆雷特、布鲁特斯、凯撒等经典形象将不复存在，文学界也将会黯然失色。

但是，同样地，不能容纳丰富多彩的女性角色的文学也会损失惨重。

这些女性被迫结婚生子，生活中只剩下了家务琐事，在这样的环境下，作家如何能创作出一个生动立体、具有多面性的女性角色呢？她们的任务就是谈恋爱而已。除非是故意丑化女性，不然诗人也只能或热情或是无奈地去书写，但这也根本吸引不了女性。

要是克洛伊真的钟情于奥莉维亚，而且两人真的在使用同一间实验室，那么她们之间的关系将不会是单调乏味的，相反会更加牢固，她们之间的情谊也不会只跟生活琐事相关。

假如玛丽·卡米克尔明白应该怎样去描述，而我也能逐渐欣赏她的特别；又或者她能有一间私人房间；抑或是她年入五百英镑——尽管尚待考证，但我认为已经发生了一些关键事件，只是，我对于这些假设无法确定。

所以，要是玛丽·卡米克尔会描写，要是克洛伊的心上人是奥莉维亚，那么她将会点燃火把，开启一个前无古人的新篇章。这微弱的光亮在一片黑暗中像是洞穴里燃烧的蜡烛，让你可以看清身边事物，却不知道接下来的路是什么模样。

我继续翻阅，在克洛伊的注视下，奥莉维亚将罐子放在了柜子上，克洛伊随即说，是时候回去看孩子了。

我可以保证，这是有史以来，人们不曾见过的画面。

我看到这里的时候兴味顿生，我想知道作者会怎样去描述这些从未被记录过的片段，怎样写下那些未曾开口或是未曾说完的话语，我也很好奇她会如何记录下这些不被男人曲解的、只有女性在一起的情景，这都是自然发生的，像是映射在屋顶的飞蛾影，一时间让人难以发现。

若是她之后确实是这样做的，那我必须全神贯注才可以。我边读边想，女人不会相信任何来历不明的关注，她们一向都会将自己的情绪隐藏得很好，所以她们会避开所有注目。

我很想告诉玛丽·卡米克尔，就像她站在我面前那样：除了换话题别无他法，可以先安排其他的事情。看着窗外，将奥莉维亚经历的一切付诸笔端，无须用铅笔，速记而已，不必写得那么完整。奥莉维亚好似躲在岩石下的不见天日数万年的生物，当第一次有光照时，她发现了新的食物，那就是艺术、探险与知识。

我再次将自己的目光从书本上收了回来，暗自猜测道，她一定会去拿这些新食物的，然后将其重新运作，发挥其最大水平，可以把新的东西与旧的知识完美融合，并且不会让新东西干扰到以前的精密至极、发挥最大水平的总体平衡。

哎，我现在的想法就是我之前发誓不要再有的想法——总是不假思索地夸奖女性。"发挥最大水平""精密至极"，这些都是基于事实的夸赞，但是夸赞与自己同性别的人是不明智的。而且，这些又该怎么评判才好？

没有人会在吃苹果的时候说万有引力定律是牛顿发现的，然后说牛顿是女人；也没有人在看着地图说美洲大陆是哥伦布发现的，又说他是个女人；更没有人指着天上的飞机说飞机是女人发明的。

世上没有能够丈量母亲之伟大、女儿之孝顺、妻子之操劳、姐妹之忠诚的尺子；墙上也没有可以精准测量女性高度的刻度表。

就算是到了今天，大学也没有几个可以修学分的女性，不管是外交、政治，还是贸易、海军等行业也没有专门为女性而设置的考试。

而且如今也还是没有任何一位女性能在史书上留下浓墨重彩的一笔。

与之相对应的是，假如我想知道霍利·巴茨爵士的事迹，只用阅读《德布雷特名录》《伯克名录》就行。书中记载着他有一座住宅、许多学位证书，还有继承人；他担任董事会主管一职，早先还是英国驻加拿大总督，满身荣耀；此外，还记载了他很多伟大事迹。

书中所载的他的资料之详细，应该只比上帝少一些吧！

因此，就算我认为女人"可以发挥最大水平""精密至极"，也无法从各种名录、大学年鉴中寻觅到任何相关记载。

面对这样的窘境，我应该怎么办？

我再度看向书柜。

书柜上还放着很多名人传记，比如勃朗宁、伏尔泰、雪莱、柯珀、斯特恩、卡莱尔、歌德、约翰逊等，不一而足。

我不由得思考着，这些历史名人或多或少都曾有过心仪的女性，也曾袒露心声，付诸追逐；他们都会和自己的身边人倾诉心声，将她们写进自己的作品，以表爱意；同时，他们也会对这些特定的女子表现出自己对其的依赖和信任。

我无法确定那些人是否都偏爱柏拉图式的爱情，威廉·乔因森·希克斯爵士也不会认可。可我们若是将此间关系看作男人借以宣泄欲望，获得生理性愉快的手段，那对这群名垂青史的人也太不公平了。

可以准确点说，这种刺激，是男作家无法从男性身上获取的，唯有女人才有这般天赋激发出他们的创作欲，让他们找到新的创造力。这并非随意下的结论，也不需要引用名人名言加以佐证。

我联想到男人推开门，或许是在客厅，或许是在婴儿房，看到女人身边围着一帮儿女，她的腿上也许还放着织物。但无论如何，门后的世界与他刚刚离开的下议院、法院可谓天差地别，门后的生活方式、习惯都与门外不一样，这里会让他觉得放松舒服，宛如新生；在走进去后，就算是谈论普通的生活琐事也能激发他的思维，打开新的思路，使他原本已经枯竭的灵感源泉再度充盈，让他说出一番全新的言论。男人一看见女人用和自己不一样的方法改造着这一番天地，在之前戴上帽子打算去见她时苦思不得的诗句突然就出现在了他的脑海里。

约翰逊们都会遇到自己的斯雷尔，并且因为某种原因一直守在她的身边，无怨无悔。在斯雷尔成了意大利音乐老师的妻子后，约翰逊变得几近疯狂，愤懑不已，所以此后他再也无法留宿在斯特里特汉姆，也失去了照亮自己生命的光。

就算成不了如伏尔泰、卡莱尔、歌德、约翰逊博士这样的名人，我们也能发现女人的创造力是极为出色的，这是女人与生俱来的本事。

女人若想描述她来到这个房间后的经历，只能用完所有的英文词汇，甚至创造出完全不一样的、突破旧规的词语才行。

每个房间都是完全不同的，有些房间是热闹的，有些房间是静默的；

有些房间对着监狱，有些房间对着海洋；

有些房间是丝绸宝石装扮，有些房间则像干净的衣服；

有些房间柔软如羽毛，有些房间则坚若马鬃。

随便走在某条马路上，随机走进一个房间，都能感受女性的复杂的天然之力。

怎么可能有其他机会呢？在这上千年的光景里，女子只能被束缚在深宅大院中；到了今天，她们的创造力早就填满了房子的四面墙，而这些水泥砖块根本承受不住这力量。于是，力量被释放在了笔墨之间，写书作画，又或者被释放在政坛或商界。

可是，男女的创造力是不一样的。

我们得先达成一个共识，要是因为没有发挥空间，或是被阻碍而使得这种创造力不能施展，那实在是一大憾事。它是上千年的时光所压抑打磨出来的力量，举世无双、不可替代。

若是女人可以有男人般的自由，像他们一样的生活，外表也接近于男子，那也不是一件好事，毕竟在这大千世界中，若是单单只有男人或只有女人，那也是无聊无用的。教育不就是应该展现出每个人的特色和特长，而不是将所有人都变得一样吗？更何况，芸芸众生已经十分类似了，若是有冒险家在完成了一次探险之后，跟所有人说这世上还有超越普通人的存在，而且他们正透过树叶间的缝隙仰视不一样的天空，那这位冒险家一定会为人类的发展立下大功。若是有哪位教授能发明出丈量自身优秀程度的尺子，我们也乐见其成。

我的视线回到了书上，心想，玛丽·卡米克尔之于她笔下的作品来说大概只是一位旁观者。我觉得她并不太侧重思考，所以应该会成为一个自然主义作家，这有些无趣。

她需要留心的新事物还有很多。她可以从监牢一般的华丽建筑中走出来，去看看其他小房间，里面有抱着一只小狗的妇人，有青楼花魁，也有应酬交际的女人，衣香鬓影，充满脂粉香，不用认为这和自己身份不符，也不用怜悯她们。这些人身上穿着的粗布麻衣正是那些男作家强行赋予的，不过玛丽·卡米克尔会用自己的剪子为这些女子重新裁衣，量身定做。

当她为这些人修改好新衣之后，我们便可以看到她们的真实模样，这一定是全新之景。只是由于现在玛丽·卡米克尔依旧在自我反省，被旧时粗鲁的性别意识所带来的"负罪感"捆绑着，所以我们还要再等等她。

玛丽·卡米克尔的脚上依旧戴着传统的、粗俗的阶级镣铐。

但是，绝大部分女子不是交际花也不是青楼花魁，更不会在夏天的下午用一块满是灰尘的布料裹着小狗，将其抱在怀里静静坐着。

她们一般会做些什么？

　　我不由想到了这样一个场景，在一条长长的街道两侧满是楼房，每一间房里都住着人，就像河畔南侧的街道那样。到了午后，有一位年长的太太慢慢走在街上，身边有个中年妇女搀扶着她，她可能是老妇人的孩子，二人穿着毛皮外套，很是得体，这样正式的打扮应该是常年的习惯。而每当换季的时候，她们就会把衣服叠得整整齐齐，然后放进衣柜里收纳，再放上几颗樟脑丸，每年都是如此。

　　这时恰好是日暮时分，也是她们最喜欢的时候，走在路上，两边的街灯一盏盏亮了起来，日日年年，似乎一成不变。

　　老太太年近八十，若此时被人问及此生有何意义，她一定会说，是爱德华七世生日时，海德公园响起的礼炮声，是巴拉克拉瓦战役打响时，那街道旁亮起来的街灯。

　　然而，若被人问及眼下是哪个季节，现在是几月几号几点，或者 1875 年 11 月 2 日发生了什么，又或者 1868 年 4 月 5 日的故事，她一定会迷茫地说不知道。

　　一日三餐，煮好饭、吃完菜、洗完碗；儿女们上学、长大、离家、踏入社会。

　　这一切注定了无痕迹，无论是历史还是书籍都不会记录这样的事情，就连小说都会有意无意地对此加以掩饰。

　　玛丽·卡米克尔似乎就站在我面前，我对她说，这些被历史遗忘着的人还是可以留下身影的。

　　我幻想自己依旧走在伦敦的街头巷尾，看到站在转角处的女人，一手叉腰，一手挥舞着说话，似乎是在讲述莎士比亚的戏剧台词，戒指卡在她并不纤细的手指上；看到门洞口下坐着的老夫人、街上闲逛的女生们、卖紫罗兰的小姑娘、出售火柴的少女，商店橱窗里灯光闪烁，她们脸上的表情或喜或悲，可以由此看出接近她们的人是男还是女。一切都是无声默剧，这样的生活也不曾在史书上留下一笔一画，我感受到了这种无形的压力。

我想告诉玛丽·卡米克尔，你要拿着你手上的火把去细细观察这些事物。

你要做的第一件事就是看清内心深处的宽容、贪婪、无知，要了解皮囊的优劣于自己而言意味着什么，探索你和大千世界的关系，比如被穿戴于身上的手套、帽袜、衣物与你有何关系；长廊、屋顶、大理石地砖的布料市场，还有从药瓶中传出的清浅香气，又和你有什么关系。

我幻想自己推开了一间商店的大门，这里的地板黑白相间，四周都是以绚丽的绸布装饰。也许玛丽·卡米克尔曾经来过这里，她该走进来看看的，毕竟这里的景色非常适合出现在小说里，就像满是白色的高山、植被茂密的峡谷那样。一个姑娘站在柜台后面，我很想将她的事情写出来，写成一部著作，就像老教授们研究济慈使用弥尔顿式倒装句法的论文，或是研究济慈生平的第七十本大作、记录拿破仑事迹的第一百五十本传记。

接下来，我会谨慎地踮起脚，缓步前行，毕竟我实在是没有胆子，也不愿意再经历一次当年那差点落在我肩上的鞭打。

我会压低声音说：她也该学会对男人的虚荣心一笑而过，不必面露苦色，那不过是男人的"特质"而已，他们对这个词应该不会排斥吧！

性别差异的一大好处是可以为对方讲解后脑勺上那个只有一枚硬币大的部位。

我们不妨回忆一下，斯特林堡的批评、尤维纳利斯的发言给女子带来了多少好处——从古至今，男人们在描述女人脑后这个部位的时候可真是聪明又宽容啊！

若是玛丽有勇有谋，那么她便会走到男子身后，将眼前看到的一切全部说出来。我们要想知道男人最真实、最全面的模样，就必须要知道男人们的这个部位是什么样的，而这个部位的代表就是卡苏朋与伍德豪斯。

不过，但凡有脑子的人都不会刻意煽动玛丽对此进行嘲讽，因为别有居心的文字是无用的。

俗话说，人贵守信，而其带来的结果也很有意思——任何新鲜事都会被记录；喜剧也会更加精彩。

但是，相比费心猜测玛丽会怎么书写，我们更应该把目光投回这本书上，仔细研究她的文字。

所以，我又开始看书了。

最初我是不太满意玛丽的，因为她抛弃了简·奥斯汀的写作风格，使我引以为傲的鉴赏力、挑剔的欣赏力无处发挥，但是玛丽和简·奥斯汀的风格截然不同，没有任何相似的地方。所以我也不能说"对啊，你写得还可以，但是远不如简·奥斯汀"。

她后来依旧特立独行，不按照读者所期待的发展方向写作。这或许不是她的本意，她只是在按照女人的感觉创作，让所有表述都显得更加自然而已。可是这不免让人迷惑，因为读者根本察觉不到平静之下的暗流波动，未曾意识到危险即将到来。所以，我也不好意思再提自己深知人性之复杂、世态之炎凉。

我马上就会在合理的地方看到合理的事物，譬如生离死别、爱恨情仇之类，但这种时候，我总会被那烦人的感觉牵绊，总觉得最重要的情节还没有到来。如此，我又不能发表自己的评论，说"人心难测""人性共同点""最基本的情感"等话语，更不能使用一些或悲悯、或深刻、或严肃的话语，让大家相信各自内心的看法了。

玛丽让我开始反思自己之前对这些事情的感受并不是真的那么深邃、庄严、悲悯，而正好相反，我只是习惯了按照句式思考，这也是人思想里深藏着的惰性。这样的观点着实让我不太想承认。

我继续看着，发现了别的真相。

显而易见，玛丽绝对不是"天才"。她并不喜欢大自然，也缺乏想象力，没有不俗的才情，也没有过人的智慧；她不是乔治·艾略、简·奥斯汀、勃朗特姐妹、温切尔西夫人等那般聪慧过人的女子，不能如萝西·奥斯本一样在自己创作中加入自尊和音乐。

实话实说，玛丽只是一个比较聪明的女生，她的作品在十年之内变成了商品，失去了文学价值。

可就算是这样，与几十年前的女作家相比，即便她没有天赋优势，但还是容易胜出。

她没有将男人们写入极力阻挠的阵营中，也没有浪费精力去指责男性。她在登上屋顶之后，并没有因为对门外的芸芸众生、花花世界的好奇，对出游远方的向往而变得急躁，她一直保持着自己内心的平静。她几乎放弃了仇恨和害怕，而我们只能在她描述男性时所使用的刻薄文字、在她得到自由时略显夸张的兴奋中窥得一丝残余。

因此，在写小说方面，她是占有一些天时地利的。

她是一个共情力极强的人，能感受到许多细腻的情绪。她就像是才从土里长出的草木，立身于天地间，感知并接受所有的声音和风景。她能觉察到很多细小、被人忽视的东西，然后将其展示在你我面前，告诉我们这是值得被记录的。她凭着自己敏锐的洞察力将那些深埋于历史尘埃的事物挖了出来，然后让人们开始反思当初为何要掩埋了它们。

我开始思索，虽然她不够聪慧，无法做到兰姆、萨克雷那样，于不经意间承袭传统、写下优美的句子，但她学到了至关重要的首节课，那就是以女子的身份开始创作，但又不拘泥于女子这一性别。所以，我们能在她的作品中看到女性的特色，这些特色只有在忘记传统的性别观念后才能被展现出来。

这一切的发展都是极好的。可是她必须要抓住一闪而过的个人感觉和一些短暂瞬间以支撑作品，倘若不然，所有的细腻情感、极致洞察力就失去了意义。

我之前说要静待她笔下的特定情境，其实是想看到她可以真正地开始思考，并运用思考结果深挖事物的本质，而不是只当一个表面看客。

她应该在某个瞬间告诉自己，是时候自然地向人们揭露真相了。此后，她就会真正地思考并运用这些结果，让她的大脑动起来！一些差点被遗忘、忽视的情节、小细节都会重新出现在她的脑海里。

她会合理安排这些细节，让其出现在当事人闲暇之时，可能是在抽烟的时候，可能是在缝补浆洗的时候，以此丰满人物形象，自然推动情节发展。这时候读者也会感觉像是站在山峰之巅俯视大地一般通体舒畅。

不管怎样，我们可以发现她正在试图这么做。

她正跃跃欲试，等待挑战，而那些教授、研究员、教务、学监、主教、大家长们则是对她厉声喝止、不断告诫，我希望她没有看到这些人，没有听到这些话：

你不可以这么做，不可以那么干！

除了学者和研究员，其他人没有资格踏上草坪！

女士若是想进去，得有介绍信才行！

有涵养的宽容的女作家，请往这边来！

那些男人在赛马场的观众席上吵闹无比，他们对着她说三道四。而她只能扛住这一切，屏蔽所有干扰声，坚定地跨过这些阻碍。

我想告诉她，如果停下来去嘲讽和咒骂那帮家伙，那才会失败；任何一点犹豫、失误都会让你成为输家。

我不由得请求她，似乎是赌上了我的身家性命般：将你的所有精力都放在比赛上吧，纵情地策马向前吧！

她也确实成功地跨过了那些阻碍。

但是，前方的路上还有一重又一重阻碍。

我不确定她是否可以坚持到最后，所有的尖叫声、鼓掌声都会让人烦躁。

可是，她真的拼尽全力了。

转念一想，她不是天才，只是一个普通的女人，她在自己的卧室里写下她的处女作，她在做这一切的时候没有太多钱和时间，她能做到这样已是极致。

我翻到了书的结尾：客厅的窗帘被拉开了，月光照亮了屋子，看清了人物的鼻子与裸露的肩膀。我默默断定：如果能让玛丽每年得到五百英镑，如果能再给她一个世纪和一间属于她的房间，如果她可以自由地说出心中所想，再把这本书中一半内容删掉，那么她可以创作出更优秀的作品。

若是在一个世纪之后，她应该是一位诗人。我边说边把这本书重新放到了书柜顶部。

（六）

次日清晨，我拉开窗帘站在窗前，十月的阳光照射进来，我在光线中看到了飞起的尘埃，也听到了车水马龙之声。伦敦开始工作了，工厂里的车床开始运作，满是喧嚣。

看完这几本书，我开始想象，1928 年 10 月 26 日的早上，伦敦是什么样子？

它在做着什么事？

伦敦似乎不在意莎士比亚的作品，无人去看《安东尼与克莉奥佩特兰拉》；无人去关注诗歌的消失、小说之后的发展；也无人会去关心一个平凡的女人为了表达自己的心声，创作出了一套散文体系。对此，我也没有什么好责怪的。

就算是用粉笔将这些事情全部写在人行道上，也没有人愿意驻足观看，而且不消三十分钟，这些粉笔字迹就会被来来往往的鞋底刷蹭干净。

一个出来遛狗的太太经过了这里；过了片刻，一个跑腿的青年也经过了这里。这便是伦敦街道上最吸引人的地方了——你根本不可能在这里看到一样的人。

走在街上的人，好像都有自己的事情要忙碌。那些拿着公文包的人也许是要去跑业务；那些流浪汉拎着木棍不停地敲打着花园的栅栏；还有一些热衷八卦的人将这里当成了俱乐部，跟坐在马车里的人打招呼、主动分享各种小道消息；街道上还有办丧事的队伍，路人摘下帽子以示哀悼，并且感慨将来某一天自己死后也会被抬着经过这里；一位举止优雅的绅士，慢慢地从台阶上走下来，为了不撞到那位慌乱的妇人，他特地停下让道；那个妇人手上拿着一大束帕尔马紫罗兰花，身上穿着她想方设法得到的皮毛大衣。

这些人之间似乎没有任何瓜葛，他们所有的心思都只放在个人事务上。

就在此时，街上来来往往的汽车突然停下，所有的声音都消失了，街道上安静了下来，不见人烟。这在伦敦并不是一件稀罕事。

而就在这个瞬间，街头的梧桐树上有一片叶子慢慢飘了下来，或许它就是上苍给我们的指示，代表着那些被人们所忽略的事物背后的力量。它似乎是飘向了一条无形的河流，河水从此处流过，在街角转而向下，夹裹着街道上的行人，如同牛桥那一条送走落叶、送走了游船学生的河流。

如今它将站在街道另一端的穿漆皮皮靴的女生带到了这一端，跟在她后边的是一个穿着红棕色大衣的男人和一辆的士，这幅画面正出现在我的窗户下面。我看见男人和女生坐上了那辆的士，车向前驶去，似是被河水带向了他方。

这本来也是极其常见的场景，但特别的是，我会用自己的想象力赋予它韵律感。他们两个坐上的士的情景虽然普通，但我能让大家知道他们是开心的，这就是场景的力量。

我看着街边走过来两个人，他们在街口交错，的士越开越远，思虑也稍有缓解。

我这几日在想的话题——对性别进行区分——非常耗费心力。我因此而感到心有余而力不足，心智的统一似乎被打破了。不过，在望见那两人坐上车时，我不再觉得倦怠了，心智的统一也恢复了。

我把自己的目光移回了房内，只感觉人的大脑是非常神奇的，我们并不了解它，但根本离不开它。

我觉得内心世界出现隔绝与对立，像生病时那样紧张，为什么会这样？到底什么才是心智的统一呢？

我思考了很久，觉得心智是无法分离的，它有着强大的力量，让人在任何一个时刻、任何一个地方都可以集中精神思考问题。

它可以让我们和其他人一起思考，就像那些新闻播报开始之前站在人潮中准备的人们；也可以让我们脱离人群，幻想自己正站在楼上的窗前俯视他们，与他们保持距离。它让我们能够从父母那里了解曾经的故事，比如写书的女作家可以借助母亲的回忆审视某段历史。

女性经常会被自己猛然割裂的意识而震惊。一个女人来到怀特霍尔街后或许会突然成为与众不同的"批评家"，哪怕她本身是社会文明的继承人。由此可见，心智的关注点并不是固定不变的，它会从各个角度来观察事件。

当然，一些心态也会让人觉得不适，即便这种心态是在一个正常情况下发生的。为了保持心态，人类会下意识地约束自己，时间一长自然会有损心神。不过，也有一些心态是长期稳定的，不用人类去刻意维持。

我离开窗边，觉得眼下的情况便是上述情形中的一种，之前崩溃的心态在看到那两人坐上车后慢慢恢复了，当下已回归正常状态。

缘由不言而喻——男女互帮互助，原本就是最自然不过之事。虽然这样的想法不算理智，但心中直觉还是告诉你我，男女结合才能缔造出幸福美满。

刚刚那一对男女坐车的情景给我带来了一种满足感，也让我开始思考心智是不是像生理一样有性别之分，是不是只有异性心智的结合才能缔造美满幸福。

因此，我开始潦草地勾画着灵魂的图像，将灵魂的力量一分为二，一份是女性的，一份是男性的。在女人的心智中，女性力量更强，在男人的心智中，男性力量更胜。只有当这两方力量真正结合且和谐共处后，人才会觉得舒适自在。男人心中的女性力量需要发挥作用，女人心中的男性力量也不能虚设。

了不起的大脑雌雄同体，这是柯勒律的话，和我理解的差不多。

灵魂中的两个力量相融合后，人的心智将得到提升，各方面的才能也将被激发出来。在我看来，无论是男性大脑还是女性心智都是无法"独立"进行创作的。

我应该先停下来再阅读几本书，检验一下什么是"男性化的女人"，或者"女性化的男人"吗？

柯勒律说的话自然不是同情有此想法的女性，也不是站在女性的角度思考发声。相较于单一性别，雌雄同体的大脑反倒不会刻意做区分。

他或许是想说雌雄同体的大脑更具有共情力，能更畅通地交流情感，因此它拥有与生俱来的创作力和激情，二者相辅相成。

我们回头再看看，即使我们现在并不能断定莎士比亚对女性的看法，也能发现莎士比亚的心智已然属于雌雄同体，它的男性大脑被女性化了。

假如，不孤立地看待某一个性别，是心智强大且完善的一个标准，那么，与以前的人相比，当代的人们就更难做到了。

我慢慢走到当代作家"面前"。默默思考着，难道我一直迷惑不解的问题就在于此？

放眼如今的社会，性别问题的争议性已经达到了顶峰。这一点可以从收在大英博物馆中的那些男人谈论女性的作品中得到证实。

这自然归咎于女性参政之事上，因为这样一来，男人们更迫切地想要自我肯定，也更在意自身性别的优势和特点，而在此之前，他们根本不会特地花费时间去关注这些。就算发起挑战的只是几位戴着黑色软帽的女性，这些男人也会觉得受到了挑衅且极力反击，尤其是在第一次被挑战的时候，他们还会过度反击，大力打压。

这大概足以解释我在某部作品中所了解到的些许性格特点。于是，我将书柜上的一本小说拿了下来，作者 A 先生是一个年轻、有名，颇受评论家们青睐的作者。

我翻开了这本小说，再次读到男性的作品，我有一种久违的愉悦感。与女性相比，男作家的表达更加坦白直接，由此可见其在思想上、人格上、心理上的自由和信心。他们的大脑从他们出生就自由成长，没有被阻止过，也没有遭遇过反对；他们享受着自由，而且还能受到优秀的教育，吸收更多知识。所以在阅读他们所创作的书籍时会觉得浑身舒畅，让人佩服，又令人羡慕。

不过，在看完前两章后，一道阴影倾斜着贯穿了纸面。

它和大写字母"I"相似，一道直直的黑杠。

我只能将书本左右晃动，才勉强看见了阴影下的画面：像是一个款款走来的女人，又像是一棵树。

我无法肯定。

如果"I"一直阻挡着你的视线，你就会顿生厌恶。

即便它是一个极具声望的人，即便其信念坚定、知情识趣、诚恳有教养，浑身都散发着光芒；即便我真的很尊重它，也无法改变我还想在书中了解其他内容，却发现所有都与这道阴影有关，令我迷茫，就像雾里看花。

"它并不是树"而是走过来的女人。

但无论我怎么看，都感觉这个女人是没有骨的。她叫菲比，从沙滩那边走了过来，却被站起身来的艾伦挡住了。艾伦很有想法，并用他的想法把菲比淹没了。我甚至发现，艾伦是一个极具激情的人。

我快速浏览章节，感觉危机马上就要来临，事实证明，我的直觉没有错。

在那片被日光照耀的沙滩上，危机就这么来临了。它来得势不可挡，甚至有些不体面。

我说过很多次"但是"了，可我还是要说但是……我也非常恼火自己每次都不把话说明白，我无法再这样继续下去，所以这一次我想开门见山："但是，我对此真的深恶痛绝！"

我为什么会有这样的感觉呢？

第一个原因是那道阴影随处可见，非常无聊。它像是巨大的山毛榉，伫立在自身的庞大阴影里，那里面空无一物。

第二个原因是 A 先生的灵魂好似被某种东西束缚住了，以至于他的创作力无法完全发挥出来，所以他只能待在特定区域里。

我又一次回忆起牛桥的午宴。席间那被抖落的烟灰，没有尾巴的曼岛猫，还有克里斯汀娜·罗赛蒂与丁尼生，所有事物相互交织，从而产生了某种阻碍。

菲比在经过沙滩的时候并没有轻声吟诵"一滴明亮的泪落下来，从门口绽放的西番莲上"，而当她靠近艾伦的时候，艾伦也没有念着"我心好似歌唱之鸟,在河畔枝头筑巢休憩"。

那么,艾伦接下来应该怎么做呢?他光明磊落,他的存在就像是天上的太阳那般合情合理。我一边看书一边说:"因此他唯一能做的就是坚持,以此展示他的坦荡。"

再说一句,那样的自白实在让人无法心生欢喜,说着那种话的艾伦自然也让人觉得无趣。

莎士比亚笔下那些不得体的话是生动有趣的,可以令人抛却烦恼,他这么做就是想让看客开心。但是,A先生的刻意行为是为了抗议,就像保姆们经常讨论的那样,A先生觉得自己非常优秀,只为反对女人和他拥有一样的地位,他非要那么做。

这些东西束缚住了他的灵魂,所以他开始有了自我意识;莎士比亚如果与戴维斯小姐或克拉夫小姐相识,大概也会做出这样的事。

不可否认的是,如果将19世纪发生的女权运动放在16世纪,那么伊丽莎白时代的文学肯定和现在我们所熟知的不一样。

若是心智有两种性别的说法是正确的,那么以前说的男子气概,现在就成了男性的自我意识,换言之,男性在创作的时候会运用灵魂中的男性力量。

那么女性就不应该去读这些书籍,因为她们根本不能从这里面找到自己想要的东西。

如今最缺乏的是能为人心打开一扇门的力量。这是我现在的想法。我翻开了B先生评论诗歌艺术的书,依旧以严谨的态度阅读。

可以看出 B 先生学识渊博，文笔极佳，遣词用句也是一针见血，但他并没有将自己的感情表达在这些文章中。他似乎在自己的脑海中建立起了一个个封闭的房间，每间房的动静都不会传出来。

所以一旦将他写的句子记下来，那么这个句子就不再具有生命力了。与之相反，柯勒律治写的每个句子都可以被记住，即便被单独拆分开也能激发人的思维。由此可见，只有像柯勒律治一样创作，才能让作品拥有持久的生命力。

然而，不管是因为什么，这种现象都是让人非常惋惜的。我走到了还健在的作家吉卜林先生和高尔斯华绥先生的作品集前，他们都是当下社会中了不起的作家，但他们的一些著作只怕很难找到知己。

评论家们都自信满满地说书中自有黄金屋，可女人们往往穷尽一生也遍寻不着。因为这些由男性所创造出的书籍，表达的是男性的价值观和世界观，想要赞美的也是男人的美德，女性根本无法共情。

读者还没有看到最后一章就会说，所有的感情都已经在萌芽阶段了，即将彻底爆发。这种场景被老朱利昂看到，他震惊而死，年迈的牧师对着他的尸体诵读了几句悼词，天鹅在泰晤士河上发出了悲鸣。可是，我们还没有看到这些就已经放弃了，并且跑到醋栗树丛中躲了起来。这些让男人们惊叹的丰富情感，对于女人来说只有困惑和不理解。

吉卜林塑造的那些转头就跑的军官是这样，播种之人和孤单的上班族是这样，就连"旗帜"亦复如是——引号中那些首字母大写的单词令女性双颊通红，那感觉就像是偷听独属于男人的狂欢时被发现。

这就是现实，无论是吉卜林先生还是高尔斯华绥先生，其特点都是纯男性化的，没有任何女性特质。总之，对于女性而言这些特点非常幼稚且粗劣。这些人的作品毫无启智作用，不管表面上看多么惊人，都不可能触及灵魂。

我拿出来的书又被我放回了原位，而没有被我翻开。我整个人浮躁起来。在这种环境下我似乎看见了一个马上要来临的、充满男性特征的时代，这就如沃尔特·罗利爵士等一帮教授在信里提到的、意大利君主们已经创建好的时代。要是到了罗马，你一定会察觉出浓厚的大男子主义氛围。我们虽然不知道这种现象对于国家而言有什么样的价值，但应该去反思它对诗歌创作所带来的影响。

无论如何，如报刊新闻所说，意大利的小说情况堪忧，学者们特地召开了一次讨论会以"推动意大利小说的前进"。当天，"法西斯团体、实业、金融等各界身家显赫之人"都来到了会场，纷纷表态，积极讨论，还向领导人发了份电报，表示他们期待着"在不久的未来会出现一位代表法西斯时代的伟大诗人"。

我们都有这样的期待，可有一个疑问尚待解答——诗歌是可以用孵蛋器孵化出来的吗？

诗歌是由母亲和父亲所孕育的。所以，面目可憎的法西斯诗歌仿若乡村博物馆那些瓶瓶罐罐里浸泡的早产儿。一个躯体两个头，活不了多久，会早早夭折。有谁看见过这样的人在乡野农田劳作吗？

可是，如果我们迫切地想要找到问题根源，那么无论是男性还是女性都要对此负责。

那些改良者、诱导者也并不无辜，比如让格雷格先生知道事实的戴维斯小姐，对格兰维尔勋爵撒谎的贝斯伯勒夫人，诸如此类的已感知到性别意识的人们都需要对此负责。每当我想大展拳脚创作出一部作品的时候，便会被她们所影响，想要去研究和平年代中的性别意识。即使那会没有克拉夫小姐，也没有戴维斯小姐，作家们也应该使用雌雄同体的大脑去创作，这才是公平的。

我们可以回头再看看莎士比亚，毕竟他运用了大脑中的两性力量；当然，柯勒律治、兰姆、珂珀、斯特恩、济慈等人也是这样；雪莱或许是无性别的；但本·琼生、弥尔顿、托尔斯泰、华兹华斯等人的男性特点占了上风。放眼当今社会，普鲁斯特做到了这一点，只是他的女性气质稍多一些。

实际上，些许的失衡也极为宝贵。要是失去了这样的混合，理性就会成为主导，而感性会慢慢消沉，所以我们不应该抱怨这一点。

我开始自我宽慰，这也算是一种承前启后吧！如我之前答应各位的那样，我会尽力阐释自己的想法，而我现在讲的大多数内容都是我彼时彼刻的思考结果。对于青春年少的你们来说，可能无法完全理解我讲的一些让我自己兴奋不已的内容。

即使是这样，我也要来到书桌前，将那张写有"女性和小说"几个字的纸拿起来，并在上面写下开篇语：无论是谁，写作时若是无法忘却自身性别，便会铸下大错。

单纯的女性视角或男性视角，都会导致灾难。应该努力去做女性化的男人或男性化的女人。

女人倘若太在意自身委屈，若是故意用女性的语调去讲话，若是一味地追求公平，哪怕只有一星半点，即便合理合法，最终都会犯下弥天大错。

我说的大错绝没有夸张，因为任何带有性别意识偏见的作品最后都不会长久。这些作品或许会在短时间内惊艳众人、引得满堂喝彩，可是它们并不能在人们的思想中生根发芽，当夜色笼罩大地后，它们就会失去养分，枯萎而死。

能真正获得成功的作品，其创作者一定是运用了大脑中的两性力量，让它们完美交合。

创作者如果想将自己的经验完完全全地分享给读者，那么他首先得袒露心扉，心智也必须平静自由。他屋子里的窗帘一定是紧紧闭合的，不会有光影浮动，也不会有车轮转动。

依据我的猜想，这位作者在讲述了自身经历后定会仰卧在地，于黑暗中庆贺思想的结合。在此之后，他不能质疑自己的作品，也不能审视自己的作品，所以不如去看看在河面上的天鹅，或是摘一片玫瑰花瓣。

我再次看到了一双男女同坐一辆的士的情景，还有在河上划船的学生、飘落的枯叶；我听见了伦敦大街上的车笛声，他们被那一条无形的河带走了，他们终将汇入潮流！

到了这里，玛丽·伯顿也不用再继续说什么了。

大家已经从她那里得知了，她"每年得到五百英镑，拥有一个可以上锁的房间"的俗套结论。

她将这个结论的思考过程全部说出来了。

她希望大家可以跟着她那些人伸手阻拦教堂执事，跟着她去这里吃午饭、去另一处吃晚饭、去大英博物馆里涂画几笔、去书架上取下几本书、去眺望远方。

在此过程中，大家自然会关注到她的各种奇怪习惯和不足之处，也会发现这些东西在影响着她的思考。你们当然可以反对她，也可以根据自己的好恶留下喜欢的内容，甚至发表你们的看法。在面对这些问题的时候，只有在经过了种种误会后才能找到真相。

此刻，在一切接近尾声前，我要说一说我的两个想法，当然，大家肯定也已经想到了，毕竟这两点很容易想到。

你们大概会认为，我在讲解男女各自的相对优势时，并没有给出任何结论，即便是只针对作家的。

是的，我是特意这么做的。在我看来，就算已经来到该下结论的时候，但性格上或心智的不凡也不可能像白糖或黄油一样论斤论两。其实，到了现在，与其在这里探究女性能力的多寡，还不如先了解女性有几个房间，有多少收入。

即便是在剑桥大学——他们在给学生分配班级、戴上学士帽、授予各种头衔等方面很有一套——也无法精准计算出每个人才华的分量。我觉得，《惠特克名录》排行榜不能作为判断个体价值的依据，我也不认为荣获巴斯勋爵位的将军在去餐厅的时候只能坐在糊涂的检察长后面。

不管是挑起性别对立，还是捧高一种素质去践踏另一种素质，都是非常幼稚的，人类只有在小学生时期才会做出这种事——通过轻视他人来抬高自己。他们会划分成两个阵营，总想争个高低，对于他们来说，走到台上，在校长手里接过只能拿来装饰的奖杯是最重要的事。当心智成熟后，他们便不再轻信奖杯、校长和阵营了。

然而，在书本世界中，大家都熟知的一大困难是：给书本贴上无法抹去的标签，用以判断其价值。现在的文学评论告诉我们这件事有多难做。一本书可以同时得到"没有任何价值""传世佳作"两种极端评价。无论是贬低还是夸奖都是没有意义的。如果只是用以消磨时光，那么评判作品高下或许还有些意思，但如果是当作正经工作，那就是竹篮打水白费工夫了，因为那毫无意义。创作者若是只想迎合评判者的喜好，那么就会变成听话的奴才。

将所思所想付诸笔端，这才是最重要的。它可能平平无奇，也可能名留青史，谁也说不准。如果你为了得到校长手里的奖杯、为了得到袖子里装着尺子的教授的青睐而做出退步，即便只是一点点，也是可耻的。与之相比，失身、破产之类的所谓灭顶之灾都不值一提了。

我很在意物质的重要性，我想你们可能会有异议。

"上锁的房间"可以指代的是思考的能力，"五百英镑的年收入"可以指代的是沉思的重要性。做出这样的比喻只是为了方便解释。有人会说，那些著名的诗人哪个不是两袖清风、家徒四壁，可见思想不该被物质所束缚。

请让我引用你们的老师阿瑟·奎乐-库奇教授说过的一句话，他肯定更了解诗人的锤炼。他说："在上个世纪，了不起的诗人都有谁呢？斯温伯恩、罗塞蒂、莫里斯、阿诺德、勃朗宁、丁尼生、济慈、兰德、雪莱、拜伦、华兹华斯、科勒律治，等等。先说这么多吧，要知道，他们中只有罗塞蒂、勃朗宁和济慈不是大学生，生活贫困的则只有早逝的济慈。"

"'诗人的才情没有贵贱贫富之分，可以随处生长。'[1]这句话是不现实的，尽管这么说可悲且残忍。"

显而易见，十二位伟大诗人，有九位是大学生，也就是说他们都有办法接触到英国最优秀的教育资源。余下那三人呢？勃朗宁的家庭还算殷实，否则他根本不可能创作出《指环与书》和《扫罗》，就像拉斯金靠商人父亲的资助写出了《现代画家》，这一点我非常肯定；罗塞蒂能挣到钱，而且他还会画画；唯有济慈例外，年纪轻轻就被"夭折女神"阿特洛波斯带走了，一如疯人院中死去的约翰·卡拉尔以及为了麻醉自我而抽鸦片致

---

[1] 选自阿瑟·奎乐-库奇所著《写作的艺术》(The Art of Writing)。——作者注

死的詹姆斯·汤姆森。

"我们应该面对现实，虽然它非常残忍，而且我知道，这是不利于我们国家名誉的，然而，英联邦的某些错误导致现当代的穷苦诗人在将近两个世纪的时间里，都没能等到出人头地的机会。相信我——在过去十年里，我花了大把时间研究了三百二十多所小学——在我们尽情讨论民主的时候，英国贫困家庭的孩子们其实和雅典奴隶的子女们没什么两样，同样没有出名的机会和条件，没有太多机会实现心智自由，从而也没办法为日后创作名著打下基础。"

他的解释已经很到位了。

"现当代的穷苦诗人在将近两个世纪的时间里，都没能等到出人头地的机会。……英国贫困家庭的孩子们其实和雅典奴隶的子女们没什么两样，同样没有出名的机会和条件，没有太多机会实现心智自由，从而也没办法为日后创作名著打下基础。"这才是现实。

没有物质做依靠，心智是无法获得自由的；没有心智自由做依靠，便写不出优秀的诗歌。从古至今的女性都是处于贫穷状态的，因此女性心智的自由程度甚至比不上雅典奴隶的后代，所以女性也很难从事诗歌创作。

这便解释了我为什么反复提及"自己的房间"和"财富"。

值得庆幸的是，那些没有留下姓名的女性一直在努力付出，如果可以，我真的想要更深入地去了解她们。更值得庆幸的是——这么说或许有些不合适，克里米亚战争给了弗洛伦斯·南丁格尔走出家门的机会，而六十年后，欧洲战争又一次为万千普通女性提供了这样的机会，而且很多问题都慢慢得到了解决。若非如此，大家今晚也不可能汇聚一堂，也不可能有机会拿到五百英镑的年收入。当然，我认为眼下其实也很少有人能挣到这笔钱。

再者，你们或许还会追问我为何会这么在乎女性创作。

按照各位的说法，女性写书创作需要付出很多，可能需要祸害姑妈，基本无法准时出席午宴，甚至会和好人争吵不休。

我必须承认，从某些方面来看我之所以会这么做也是有私心的。就像绝大部分没有上过学的英国女性那样，我爱看书，也看了很多的书。但是这段时间，可以当作精神食粮的书籍越来越少了。大部分的书籍都在讲述战争、历史；名人传记也都是以男性为主角；诗歌更是变得死气沉沉，毫无趣味；至于小说，正如我之前所展示的那样，我的能力还不足以评判现代小说，所以我也不多说什么。

我希望诸位都可以着手尝试写作，不必担心主题的选择，既可以写宏观的事物，也可以写生活琐事。

我想，你们可以通过写作或其他渠道赚点钱，然后去周游世界、探索世界、思考过去和以后；或者，去街上走走看看、肆意幻想未来，把思考的渔线抛到河中。

当然，我不可能要求你们只接触小说这一种文体。你们要是希望我——还有无数与我一样的人——得到满足，不妨再尝试下科学、哲学、历史、传奇、学术、探险、游记，甚至文学评论。你们什么都可以写，因为文学是相互影响的，只要你们开始动笔，就是在促进小说艺术的发展。要是可以和哲学、诗歌紧密相关，那么小说一定也会有所创新。

除此之外，你们还可以回忆一下艾米莉·勃朗特、紫式部、萨福等先贤，不难看到，这些人在传承的同时也在创新。她们靠着女性逐渐培养出来的写作习惯，在历史的画卷上留下了浓墨重彩的一笔。

因此，各位就算是只写下一些诗歌的开头，也非常可贵。

不过，当我现在重新翻看自己的笔记，再度审视内心真实想法时，我察觉到我并非完全出于私心才这么做。我在进行评论、展开探索的时候，一直保持着自己的信念——抑或是本能。好的作品让人心驰神往，优秀作家身上的不良癖好并不会影响他的优秀。

所以我希望你们可以创作出很多作品，希望你们去做有利于自身也有利于世界的事。

不过，我无法去证明自己的信仰与本能。我没有受过大学教育，如果轻易使用哲学术语一定会闹笑话。

那么，到底何谓现实？它没有实体、无法抓住，有时候出现在街角的报告厅里；有时候出现在尘土飞扬的街道上；有时候出现在途经皮卡迪亚大街的公交车里；有时候出现在日光照耀下的水仙花身上。它可以让屋子里的人欣喜不已，将闲聊之语变成警世恒言，可以将无声世界变得真实，但也会让披星戴月的归家人觉得压抑。

现实，有时候看上去很远，若隐若现，无法捉摸。可是，正因如此，被它触碰过的事物都会成为真切的存在，甚至可能永远存在。那是日升月落在栅栏上留下的痕迹，那是爱恨情仇在时光中留下的余音。

我认为，和普通人相比，作家有更多的机会可以感受当下。

作家应该去感知现实、聚拢现实，然后通过纸笔将它转述出来，让所有人都能感受到。我在看完《回忆似水年华》《爱玛》《李尔王》这些书后便有了这般想法。在阅读这些作品的时候，我觉得自己的感官在经历一场神奇的手术，好似白内障被去除，我看到了更广阔的世界，感知到了更鲜活的人生。

我羡慕那些抵制脱离现实生活的人，也同情那些被毫无目的、不经意间的举动而吓得不敢往前走的人。

因此，我才会希望大家可以去赚钱，然后拥有自己的房间。只有这样，你们才能在现实世界里更具活力和底气，才能更好地感受真实，即使你无法把这种感受表达出来。

我应该在这里结束的，不过根据以往的习惯，任何一场演讲都得做个总结。这是一次以女性为话题的演讲，我希望大家能赞成我最后的总结，而它本该是鼓舞人心，立意高远的。

我本该要求大家肩负起身上的责任，奋发图强，在精神上有更高的追求；我也该告诉各位，你们肩上的责任有多重，它对未来又会产生怎样的影响。

可我转念一想，倒不如让那些口才远胜于我的男人去说这些训诫之语，而且他们也正在这么做。身为你们的同伴，我冥思苦想，但怎么也想不出开创未来、改变世界、建立平等有何高尚之处。

我只想心平气和地跟大家说：最重要的是做好自己。

我若擅长鼓舞人心，便会告诉你们：与其天天想着去改变别人，不如先想想事物的本质是什么。

女人排斥女人。

女人……

实话实说，你们还没有厌烦这个词吗？

我敢说我早就厌烦了。

所以，让我们保持同样的观点——女演讲家对女听众所进行的演讲自然是要以逆耳之言作结。

但是，我要说些什么逆耳之言呢？我要怎么说呢？

我很欣赏女性，她们可以跳出常规；她们不追求名利；她们是一个完整的个体；她们……我就不再一一列举了。

我还是选择比较严肃的语气，那样会更好。你们跟我说，那个柜子里放着的是新桌布，可如果阿奇伯尔德·伯德金爵就躲在里面呢？

我之前的言论会不会让你们深刻地感受到来自男性群体的责难和控诉？我告诉过你们，奥斯卡·勃朗宁先生对女性颇有微词；我也告诉你们，拿破仑是怎样看待女性的；我还跟你们讲述了墨索里尼的想法。换个角度说，你们中有人想创作小说，我便告诉你们，评论家建议女性要大胆面对性别的自限性；我甚至也跟你们强调了，X教授在对比女性和男性的体能、道德、智商后，得出了女性很差劲的结论。

我想到什么就说什么，这些内容不是我特意费心去研究的。最后，我要跟你们分享约翰·兰登·戴维斯先生的一则警示："如果人们不需要繁育下一代，那么女人就毫无用处。"[1]

我请大家记得接下来的话：

我还能如何激励你们好好生活下去呢？

女孩们，请听好，我的总结是：

我认为，你们无知愚昧，这一点可不怎么光彩。

你们没有改变过一个国家，没有沙场点兵，浴血奋战。

你们从来都与重大发现无关。

你们写不出莎士比亚那样的戏剧，也不可能带着原始的部落踏入文明之领地。

你们可有推诿之词呢？

你们当然可以指着在街头巷尾、在中心广场、在原始森林中生存的棕皮肤、白皮肤、黑皮肤的人，也可以指着天天奔波在外、经商下海、你侬我侬的人说：我们需要做的事情特别多，如果我们偷懒，那么良田沃土会变成沙漠，航海的船会消失；我们生育、抚养、教育了全世界十六亿两千三百万人，将他们照顾到了六七岁；就算有人帮忙，我们也得耗费很多时间。

我承认，你们的话没错，可我想告诫你们的是：

英国在 1866 年之后创办了两所或是两所以上女子学校；

---

[1]　节选自约翰·兰登·戴维斯所著《妇女简史》。——作者注

法律在 1880 年批准了已婚妇女享有个人财产的权利；

女性在 1919 年得到了选举权，而这是九年前的事。

我还想再告诉你们：从十年前开始，许多行业陆续开放了女性岗位。

假设你们曾经仔细盘算过自己手里的种种特权、计算过它们存在的时间，那么现在，每年至少应该有两千位女性可以通过各种方法渠道赚得五百英镑。与此同时，你们会发现，没有机会、没有培训、没有时间、没有钱、没有鼓励等托词皆是站不住脚的。

特别是经济学家所说的：西顿夫人生育的小孩实在太多了。

女性自然还是要孕育下一代的，不过专家们的建议是生两三个孩子就好，可别生十几个。

因此，当你们有了空闲的时间，当你们选择了开始阅读，你们就注定要在这条被轻视的、充满荆棘的道路上前进，并迈向新阶段。另外，我觉得你们已经学了很多另一派的东西了，你们来到这里，大概也是为了求得新知。多写多练，你们便会知道自己该怎么做，知道那么做会带来什么样的影响。诚然，我的提议是比较新奇的，因此我才选择以小说的形式将其展现在你们面前。

我提到，莎士比亚有一个妹妹，不过你们不必到西德尼·李爵士为其所写的传记里去追根究底。

莎士比亚的妹妹英年早逝，未曾留下任何作品。她死后被埋葬在大象城堡酒店对面的公共汽车站一带。

而今，我觉得这个长眠在岔路口的、没有拿起过笔的诗人并没有离我们而去。

她一直都在，只是因为要带孩子、做家务活儿而没有出席今天这场演讲，如同千千万万没能在场的女性一样。

任何卓越的诗人都不会真正的死去。她屹立于时间的长河中，只要有机会就会重新出现在人群中。

我觉得现在就是她的机会，而这个机会是你们给她的。

我坚信，在百年之后，芸芸众生，而非某些个人，每年都能赚到五百英镑，都会有自己的房间。

也许，我们已经可以自由写作，可以直接表达自己的情绪；

也许，我们可以偶尔走出家门房间，站在人类和现实的角度上，去观察树木、天空、他人等世间万物；

也许，我们的视线不会再被阻拦，得见了弥尔顿的灵魂；

也许，我们独自向前，不再依靠他人，与这个世界产生联系，不用依附于男人们，这才是事实。

到了那个时候，莎士比亚早逝的妹妹便会重生，并摆脱束缚，显露本性。她会从默默无名的前辈那里获取生命的动力，好似莎士比亚那样。

不过，如果没有你我的努力，没有一系列的准备，没有在获得新生后纵情诗歌、享受生活的信念，那么，她就不可能重新走到我们之间，我们也不必再有所期待。

最后，我始终相信，她会回来的，只要我们愿意去努力，即便是在孤独和贫困中付出所有，我们所做的一切也没有白费。

论
简·奥斯汀

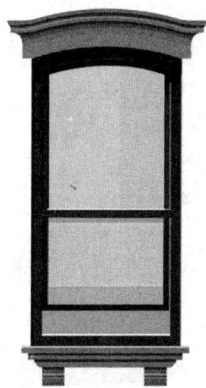

倘若卡桑德拉·奥斯汀小姐是个随意的人，我们恐怕就再难找到与简·奥斯汀有关的资料了，除了她笔下的小说。唯有在给姐姐卡桑德拉写信时，简·奥斯汀才会无拘无束地袒露心声；她只对姐姐诉说过自己的希冀以及这辈子唯一的沉重的心灰意冷（假设她失恋的事有据可查）；不过，卡桑德拉·奥斯汀小姐在步入暮年之后，鉴于妹妹越来越高的声望，开始担心那些书信有朝一日会落到陌生人手里，或被学者们讨论来讨论去，所以她烧掉了——对于她自己来说也是沉重的代价——那些足以满足大众猎奇心理的信件，只留下了她觉得烦琐细碎、索然无味的一些。

　　所以，对于简·奥斯汀，我们只能从坊间传闻、一些信件以及她笔下的小说来进行了解。说到坊间传闻，若是能够从那个时代流传到这个时代，那便一定不容小觑；只需稍加整理，便可以很好地与我们的目的相契合。举个例子，小菲拉德菲娅·奥斯汀说简，也就是他的堂姐"没什么姿色，不苟言笑，全然不是十二岁女孩的模样……简有些矫情，有些想当然"。奥斯汀家的女孩们从小就和米特福德太太相识，她觉得简"在印象中是女孩里最俊俏，最安静，最做作的，好似一只蝴蝶在花丛里飞舞求偶"。另外，米特福德太太有一位名不见经传的朋友。"如今，她已拜访过她了，说奥斯汀的僵化让其成了从前存在过的那种最木讷、古板、守旧、特立独行之人，社会大众对她的重视程度并不会超过拨火棍或者火炉的围栏，直至看到《傲慢与偏见》，才发现在那漠然、持重的外表下掩藏着稀世珍宝……眼下的情形已全然不同。"友善的太太继续说，"她依旧是拨火棍——然而，是一根让人害怕的拨火棍……她是有才之人，是人物性格的塑造者，可她却选择了沉默，实在太瘆人了！"另一方面，自然不能忘了奥斯汀们，一个并不热衷于自夸的家族，可纵然是这样，他们都表示简的兄弟们都"特别爱她，特别替她感到骄傲。他们因她的天赋异禀、高尚德行和迷人风采而爱慕她、迷恋她，各个都爱在后来的日子里琢磨自家女儿或侄女与简——他们亲爱的姐妹——有什么相似的地方，可是，他们从不敢奢求真的能发现有谁可以与简比肩"。楚楚可怜又矜持古板，受亲人宠溺又令生人心悸，言辞犀利又心慈手软——种种矛盾因子并非无法相容，我们在把目光投向她笔下的小说时便会惊觉，在那里，我们会为作者自身所表现出的相同的复杂性而感到困惑。

首先，那位在菲拉德菲娅看来全然不是十二岁女孩的模样，没什么姿色，不苟言笑，想当然且矫情的女孩，没过多久便写出了一部毫不稚拙、一鸣惊人的短篇小说《爱情与友谊》，尽管说起来很令人不可思议，但它的确是奥斯汀在十五岁那年创作的。毫无疑问，这篇小说的出现是为了给班上同学打发时间；在同一部小说集中，还有一篇是写给自家兄弟的，口吻颇为严肃刻薄；另有一篇小说还配有她姐姐所画的水彩插图，部分人物的头像被画得清清楚楚。这些娱乐化的文章不过是玩笑般的存在，却被人们视为家中财富，其间不乏种种讽刺，而这种种讽刺却又一语中的，毕竟每一位年纪尚轻的奥斯汀都对那群"无病呻吟、昏倒在沙发上"的贵妇人嗤之以鼻。

对于那令他们反感至极的不良习气，当简朗声念出最后的讥讽之词时，她的手足们一定会哄堂大笑。她是这么写的："没有了奥古斯塔斯，我痛苦至极，恨不得随之而去。极致的眩晕要了我的命。你一定要小心，别晕了过去，亲爱的劳拉……你开心就好，哪怕总是发疯发狂，但一定不要晕过去……"她急迫地往后写着，尽她所能飞快地写着，快到忽视了拼写的对错，只为写下劳拉和索菲娅、菲兰德和古斯塔夫斯，还有那位绅士——驾驶公共马车隔天往返爱丁堡与斯特林——的惊人的冒险经历，讲述书桌抽屉中的财产如何被盗，刻画麦克佩斯的扮演者与他食不果腹的母亲。不用说，教室里的孩子们肯定被这个故事逗得前仰后合。不过，那个独坐于客厅角落笔耕不辍的十五岁女孩想的不是逗兄弟姐妹们开心，也不是在家里自娱自乐，毋庸置疑，她在为所有人而写，为被人轻视的小人物而写，为你我所在的这个时代而写，为她所在的那个时代而写；换句话说，简·奥斯汀在这般年纪就已经开始创作了。倾听者会发现，故事里的句子是有节奏的、均匀的、严谨缜密的。"她是一个有修养的、温柔的、乐善好施的年轻女子；单凭这些来说，她不会不招人喜欢——可她却只是个被等闲视之的人罢了。"她造出这般字句，希望人们能在过完圣诞假期后依旧能记起它来。生机勃勃，行云流水，意趣盎然（而这类天马行空的说笑似乎是荒诞的）——这一切建构出了《爱情与友谊》。不过，这一直不曾被其他声音淹没的、贯穿作品始终的、尖锐真切的音符究竟为何物？是笑声。十五岁女孩的笑，来自世间留给她的那个小角落。

在十五岁的年纪，女孩们常会笑逐颜开。宾尼先生就餐时把盐当作了糖，她们便乐开了怀。汤姆金斯老太太入座时坐到了猫身上，她们差点笑晕过去。可不久之后，她们又泪眼蒙眬。她们找不到稳定的安身立命之地，就此而言，她们能够瞥见人性里潜藏的某种恒久的荒谬，能够窥探到世人身上某种常存的、招致讽刺的特性。她们不明白，格雷维尔太太待人傲慢，惹人怜悯的玛丽亚被人苛待，凡此种种皆是任何一场舞会都带有的亘古不变的特点。然而这一点，简·奥斯汀一出生便看透了。在摇篮上方庇护她的女神中，一定有谁曾带着初初降世的她飞越了人世间。在被送回摇篮中后，她不但知晓了人间的模样，还选择好了属于自己的国度。她发誓：倘若可以做那里的统治者，便不再奢求其他任何。所以，十五岁的简鲜少对他人心存痴念，对自己更是不抱任何妄想。不管书写什么，她都会修订、润色，力求没有差错，并将其在宇宙间——而非牧师的家里——的关系处理妥当。她追求非个人主义，令人难以捉摸。当简·奥斯汀以作者身份创作出了那本书里最精彩的速写片段——格雷维尔太太的言谈——时，我们一点也看不出牧师之女简·奥斯汀的愠怒，因为她过去遭受过冷遇。她直来直去，目标明确，而你我也都明白那个目标在人性地图的什么位置，而我们能看明白的原因在于，简·奥斯汀没有食言，她未曾逾越她的国界。她没有，哪怕是在年少轻狂的十五岁，也没有在羞耻心的驱使下将自身秘密泄露，在同情心的作用下删掉讥讽嘲笑的字句，或是任由疯狂的幻想蔓延，以至于故事轮廓不再真切。她好像常说，激情与狂想——她拿起手杖指了指——在那个地方必须停下，以保证国界清清楚楚。不过，她倒是没有对山月与城堡视而不见——尽管那是不属于她的国度。她还创作了一部"亲身参与"的传奇小说。那部小说是写给苏格兰皇后的。事实上，简十分敬仰她，赞许她是"人世间数一数二的一个人物"，还写了"她是一位令人心动的公主，那时候却只有诺福克公爵这么一个朋友；而当下，公爵又是惠特克先生、勒弗罗伊太太、奈特太太，还有我的朋友"。话说到这里，她的激情便有了一定的限制，并最终化作朗朗笑声。不妨想想，过不了多久就可以知道，在北方的一个牧师家庭里，风华正茂的勃朗特姐妹会采用什么方式刻画韦林顿公爵，做个对比，甚是有趣。

　　不苟言笑的小女孩长大了，有了米特福德太太印象中的样子："最俊俏，最安静，最做作的，好似一只蝴蝶在花丛里飞舞求偶"，还顺带成了小说《傲慢与偏见》的作者。她躲在自己的房间里偷偷创作这部小说，凭借一扇嘎吱作响的门给她报信；小说完成后就被放进了抽屉，一放就是很多年，一直没有发表。有人说，她没过多久便着手创作小说《华生一家》，但不知为何她并不满意这样的创作，所以写到半途便搁笔了。杰出作家的二流作品同样有价值，它们可以为我们提供批评该作家优秀作品的资料。在这部小说里，奥斯汀碰到的创作障碍是有目共睹的，同时她也没能好好掩藏自己所采用的解决之道。第一，开篇几章实在乏味死板，这透露了她是哪类作家，这类作家在写初稿的时候总是平铺直叙，写完再重头修订、润色，赋上情感，烘托气氛，以求掩藏事实。这是如何做到的——如何一边克制一边赋予，得采用何种巧妙的艺术处理方式——我们回答不了。然而，这样的奇迹已然出现了；十四年的无聊家庭生活史，得以以一种巧妙的、细腻的、畅快的形式呈现而出；我们难以想象，为了做到这一点，简·奥斯汀是如何迫使自己反复修饰这些篇章，又做过何其艰辛的准备。我们在此惊觉，简·奥斯汀并非魔法师。她无异于别的作家，也需要营造氛围，只有在某种氛围中，她那独树一帜的才华方可开花结果。她在这里探究，她希望我们在这里等候。忽然之间，她功成名就；如今，事物终究还是依照她偏爱的形式展露了。爱德华兹一家正赶赴舞会；汤姆林森家的马车飞驰而过；她对我们说，"他们拿了一双手套给查尔斯，叮嘱他戴上，不要脱下"；汤姆·马斯格雷夫在远处一隅躲着，手里拎着一桶牡蛎，感到十分舒坦。她的天赋是活跃与自由。我们忽然变得敏感了；我们沉迷于奥斯汀独一无二的别样的深度。她拿什么构建出这种别样的深度呢？构成因素有：小村镇里举办了一场舞会；舞会上，几对男女有幸邂逅并相谈甚欢；他们一同品尝美食，小酌几杯；在此期间顿生的变故不外乎是某个年轻小伙被某位小姐冷眼相待，同时又被别的哪位小姐看上了。不存在悲剧情结，也不存在英雄情结。不过，因为某种缘故，这个场景透着活跃，并非其表面上看起来的那般稳重。奥斯汀告诉我们，要是爱玛在舞会上是这么做的，有这么贴心，这么柔情，被这么诚挚的情感打动，那么，奥斯汀自己也会在那一幕幕更加惨重的人生危机当中流露出这样的诚挚情感；我们在将目光投向爱玛时，眼前已无可救药地浮现出了这一切。所以，简·奥斯汀感情上的深刻程度绝非浮于表面，堪称大师。她调用着你我的想象力，她留下空白让我们去填补。表面上，她说的是细枝末节的事情，可在这些细枝末节里却蕴藏着某种能够植根于读者大脑并延展开来的因素，这种因素里包含了她为看似烦琐的生活情景定制的得以持久存在的形式。她关注的重点向来都是人物。她希望我们自己发挥想象，在两点五十五分，奥斯本爵士与汤姆·马斯格雷夫到访时，拿着刀盒与盘子走进来的爱玛接下来会做什么？这个场面的确尴尬极了。两个年轻小伙所习惯的礼节可比这要优雅许多。爱玛或许会说自己不过是个教养不够、俗不可耐、微不足道的小人物。那段拐弯抹角的对白令人焦躁与难受。我们将一半目光投在当下，又将一半目光投向以后。爱玛的言行终究还是得体的，这让我们觉得可以放心地对她寄予厚望，随即又觉得感动非常，仿佛亲眼见证了一个重要事件。这是一个没有经过粉饰、不可忽视的附加情节，毫无疑问，它蕴藏着简·奥斯汀崇高品格里的种种要素。它体现出了文学的经久不息的品质。舍弃了表面化的生动与形象，却仍留存了某种能够鉴别人类价值的精妙能力，因此也为我们带来了更深层次的趣味。要是再舍弃掉这一点，读者便可以心满意足地认真端详那种更加虚无缥缈的艺术；在舞会上，人物情绪变幻莫测，各部分比例恰到好处，这便为人们提供了欣赏抽象艺术的机会，如同欣赏诗歌那般，只需领略它散发出的美，而非将其视为推动故事发展的情节来审视。

然而，坊间传闻说简·奥斯汀是个不爱说话、刻板教条的人——"是一根让人害怕的拨火棍"。我们在她的小说里也可以看懂这种痕迹，她能够做到冷漠甚至绝情，她自始至终都是一个嘲讽者。可以非常冷酷无情，在所有的文学家中，她是一位始终不渝的讽刺家。《华生一家》前几章的僵涩说明她并非是信手拈来，能写出丰富作品的天才作家；她并不具备艾米莉·勃朗特身上的那种特质：艾米莉一打开门，便能为人所察并收获好感。为了筑巢，她怀着愉悦的心情把稻草和树枝收集起来，排列整齐。那些稻草与树枝原本已开始枯萎，并带着些许泥土，但它们构建出了大别墅、小屋子，承载了宴会、茶话会以及不常有的野餐聚会；生活被圈定在有用的社会关系与一定的经济水平之内，而在这个圈子里，道路泥泞，足底湿滑，女士们难免容易疲倦；撑起这世界的是尚存的一丝原则与影响力以及乡村中产阶级上层人士一般都会很认可的教育。在这个世界里，没有罪恶、没有冒险，也没有激情。但是，她没有回避和忽略一切普通的、无趣的、卑微的事物。她不疾不徐、准确无误地让我们知道，小说里的人物是怎么"马不停蹄地赶到纽伯里，然后在那里吃了一顿午晚餐，用美食为疲惫却愉悦的一天画上了句号"。她尊重传统，绝不只是说说而已；她不仅接受传统，更信仰传统。在塑造埃德蒙·伯特伦这类牧师形象时，或是在刻画一名水手之时，她仿佛受到了神职的羁绊，无法自在地使用趁手的工具——黑色幽默，于是就这么轻易地被困住了：写上一段庄严的颂词或避虚就实的叙述。当然，这是例外情况，她大多数时候所表现出的态度会让我们联想到那位不知名的太太所说的话："她是有才之人，是人物性格的塑造者，可她却选择了沉默，实在太瘆人了！"她没有改变或消灭的意图；她选择保持沉默；的的确确，那很恐怖。她接二连三地塑造着愚钝的人、读书人、世俗子弟，塑造着柯林斯先生们、沃尔特·埃利奥特爵士们，还有贝内特太太们。她用言辞的长鞭指挥他们，让他们围成圈；长鞭在他们四周翻飞，折射出他们不灭的剪影。他们因此而被留在那个地方；她不曾想过理由，也不曾心怀同情。朱莉娅与玛丽亚·伯特伦被她塑造出来，却似乎又不着痕迹；伯特伦太太"坐在那里呼唤伯格，想阻止它往花园里跑"，她给我们的印象仅此而已。奥斯汀的裁决是神圣且公正的：格兰特博士从一开始就爱吃鲜嫩的鹅肉，最后他"一周之内出席了三场令他大饱口福的学院授职宴会，最终因中风而离世"。她似乎偶尔会塑造一些人物来寻求割下他们头颅时的最强快感。她得偿所愿；她称心如意；对她而言，这个世界是曼妙的、有趣的，她不想改变任何东西，哪怕只是拿走一块砖、一株草或某人的一根发丝。

说实在的，你我也不会愿意。毕竟，就算我们因为强烈的虚荣心而痛苦烦闷，因为精神世界的愤懑而情绪激动，并进而想要改变某个被仇恨、偏见、愚昧占据的世界，但我们并不具备这么做的能力。人原本就是这样的——当年的十五岁女孩深谙其道；后来的成熟女士给出了证明。就在这个时候，有位伯特伦太太在阻止伯格往花园里跑；她让查普曼向芬尼小姐提供帮助，但为时已晚。奥斯汀拥有完美至极的鉴别能力，她的嘲讽恰如其分，尽管贯穿始终，却毫不引人注目。她没有留下任何带有偏见的文字，也没有向我们暗示任何一点怨念，这让我们得以专注于故事而不被惊扰。阅读的乐趣与轻松的心情奇妙地融为一体。愚昧的人物在美的照耀下熠熠生辉。

实际上，这种玄妙的特质通常都是由截然不同的成分所组成，而这些成分则需要借助某种与众不同的天分才能融为一体。在简·奥斯汀身上，非凡的才华与完美的趣味相得益彰。她刻画的愚蠢者就是愚蠢者，市侩者就是市侩者，因为这类人物与其心中那些理性的清醒的代表大相径庭，她甚至一边让你我放声大笑，一边清晰地传递出这类信息。她将这种对人类种种价值的完美直觉利用得充分至极，以至于没有别的小说家可以超越。她向我们展示的东西是离经叛道的，偏离了英国文学中最受欢迎的宽容、忠直、诚挚等品格，与纯洁的心灵、虔诚的信仰、严苛的道德背道而驰。她正是采用这种方式塑造出了优点和缺点都很明显的玛丽·克劳福德。她尽自己所能饶有兴趣并轻巧地让玛丽没完没了地声讨牧师以及声援年薪达到一万英镑的准男爵；然而，奥斯汀间或也会流露出自己的心声，尽管声音细微，腔调却不失为完整，于是乎，纵然玛丽·克劳福德的唠叨依旧能激起我们的兴趣，可听起来却没什么新奇的了。所以，简·奥斯汀所描绘的场景是有深度、有美感，同时又很复杂的。通过对比，她让我们感受到了某种美，甚至某种肃穆之感，它不仅和她的聪明才智同样卓越，而且是她的才华不可分离的组成部分。我们在《华生一家》这部小说里第一次感受到她的这种力量，她的表现是那么令人不可思议：一个平凡善举，被她描述出来却有了丰富的含义，为什么呢？她在其优秀作品里展示出的这种天分简直堪称完美。在这方面，一切都恰如其分。诺桑普顿的一个午后，某个楼梯上，一位笨拙的年轻小伙与一位弱柳扶风的年轻女子正聊着什么，他们正准备上楼换一身参加宴会的衣裳，女仆们路过两人身旁。可是一转眼，他们之间的烦言碎辞就变得意义非凡，对两人而言，这一刻化为了人生中最刻骨铭心的一瞬间。它本就意味深长；它历历在目，那么闪耀，那么绚烂；它深邃，它悸动，它悬停在那里，那一秒钟；一个女仆从旁经过，一枚汇聚了生活全部幸福的水滴轻坠在地，终究回归了生活跌宕起伏的浪潮。

简·奥斯汀拥有洞察事物内部的能力，因此她选择的题材往往是日常活动、人际交往、聚会、野餐、舞会之类的琐事，再没有比这更贴近生活了吧？摄政王[1]与克拉克先生所谓的"写作风格需要改进的建议"诱惑不了她；传奇也好，冒险也罢，抑或政治与阴谋，都比不上她在乡村别墅的楼梯上所看到的画面。不可否认，摄政王与其图书馆员遭遇了巨大的阻碍；他们企图让她坚固善良的心动摇，企图干扰她做出准确的判断。那个在十五岁的年纪便落笔生花的女孩从不曾放弃创作，她的创作是献给这个世界的，而不是摄政王与图书馆员。她很清楚自己拥有什么样的力量，也很清楚这种力量适合用在什么样的题材上，而这种题材又一定是高标准的作家理应涉及的那些。有一部分印象注定不会出现在她的国度里；有一部分情绪也是仅凭她而无法吸纳的，即便采用夸大其词或施以技巧的方式。举例来说，她没办法让一位女孩对教堂或军旗津津乐道。她没办法专注于某个令人陶醉的浪漫时刻。对于激情澎湃的画面，她有千万种方式去遮掩。她用自己的方法间接迂回地接近自然的美。她在写夜色之美时从不提月亮。纵然如是，一读到"夜空中没有一朵云，朗朗清辉与浓重树荫对比鲜明"这样匀称的短

––––––––––––––––

[1] 摄政王：英国国王乔治四世，在正式登基前，他做过九年摄政王。

语，你我还是会立刻感受到她的感受，如她所说，夜色是"肃穆、静谧、可人"的，不用多想，那天晚上的景色恰是如此。

在简·奥斯汀身上，种种天赋近乎完美地协调。她写完的小说无不是成功的，也没有出现过有失水准的章节。可是，她去世的时候却只有四十二岁，正值她创作能力的巅峰时代。她依然可以做到变幻莫测，而这种变幻通常会让作家的创作晚期变成趣味十足的时期。她充满生机，势不可挡，她与生俱来的创造力成就了她了不起的生命力。毋庸置疑，她若是能长久地活着，一定能创作出更多佳作，以至于我们可能会想，她会不会换种方式写下去。她的边界清清楚楚，山月与城堡都不属于她的国度。然而，她是不是偶尔也会被别的什么所吸引，想要片刻地越界呢？她会不会尝试着用她那轻松的、精湛的方法策划一场小型的航海冒险之旅呢？

《劝导》是简·奥斯汀完成的最后一部作品，让我们以此为参考，来看看她要是能继续活着大概会创作出什么样的小说。我们可以在《劝导》中看到一种特立独行的美以及与众不同的贫乏。这种调性通常意味着作者从一个阶段迈向另一个阶段。我们的作家感到倦怠了。她对自我世界里的种种生活方式已了如指掌；她再也无法怀揣着新鲜感去描绘这些东西了。她制造的喜剧夹杂着某种尖刻的腔调；这让我们联想到，她好像对沃尔特爵士的贪慕虚荣，还有埃利奥特小姐的趋炎附势感到乏味了。她的嘲讽变得不再灵动，喜剧变得不再精妙。她对生活失去了新鲜感，因而不再觉得它滑稽有趣。她无法将心思都放在所观察的事物上。不过，我们在发现她从前这样做过，并且做得更出色时，也明白她在尝试某些不曾做过的事。我们在《劝导》里还可以看到一种新元素，可能正是那种特质让休厄尔博士兴奋并坚定地认为那是"她最完美的一部作品"。她逐渐领悟到，世界之辽阔、玄妙与浪漫是超乎她曾经所想的。我们认为，她在评述安妮的时候恰似在评述自己："她年少时需要谨小慎微；长大后便养成了某种浪漫的姿态——最初的不自然，自然而然地结出了这样的果。"对于自然的美与忧伤，她总是刻画得很详细，经常在写春天的同时着力渲染秋季。在她口中，"乡间秋日让人感受是无比甜美的，又是无比忧伤的"。在她的笔下，"秋叶枯黄，树篱疏落"。在她眼中，"在某个地方经历过伤痛的人并不会因此而收起对它的依赖"。然而，我们发现奥斯汀做出了改变，并非只是依据她对自然生出了某种新感受。她对待生活的眼光也有了变化。在《劝导》这部小说里，她大多数时候都在借用一位女士的眼睛审视人生，而那位女士并不幸福，她对旁人的幸与不幸抱有某种不寻常的怜悯，最终，对于这份不寻常的怜悯，奥斯汀也只能用沉默来评说。所以，不同于以往，她将目光更多地投向了情感部分，对事实只是匆匆一瞥。在那场音乐会上，在那段讨论女子忠贞之爱的著名对白中，我们已然可以感受到某种情绪，这不但印证了传记上的说法，简·奥斯汀也曾踏入爱河，同时还验证了美学上的观点，她已经不再畏惧表达这样的心绪了。对于那些没有温度的人生经历，她会深藏在心底，待到奔流的时光将其净化，才会准许白己写进小说里。当时间来到 1817 年，万事俱备，只欠东风。然而看起来的情况是，她还需要面对另一种紧急的变化。在过去，她的声誉提升得很慢。如奥斯汀·利先生所说："我无法保证还能找出某个这样的大作家，个人经历如雾里看花，深藏不露。"奥斯汀如果能多活些日子，一切就会变得不一样。她会移居伦敦，享受午宴与晚宴，会见名流，结交新朋，看书，旅行，再把对人生的持久且丰富的观察带回安宁的乡村小屋，在没事儿的时候欢畅自得。

简·奥斯汀未能完成的六部小说又会受到何种影响呢？冒险、激情、罪恶，她一定不会染指。她也一定不会因出版商的追捧与朋友们的阿谀而立刻就变得虚伪和敷衍。不过可以肯定，她会去认识更多事物，她的安全感会摇摇欲坠，她的喜剧会支离破碎。她不再强烈依赖人物对话（她在《劝导》里已经开始这么做了），而更偏向用思考让读者认识她笔下的人物。几分钟时间，那些伟大的微妙的对话便总结出读者需要了解的——例如一位克罗夫特海军上将，或者一位马斯格罗夫太太——全部信息，这种要么一击即中，要么以去题万里的速记般的表达方式一度容纳了大量涉及人物剖析与心理活动的篇幅，而如今，她想揭示自己当下所领悟到的人性之复杂，这种方式看起来就实为粗陋无用了。所以，她一定会找到新方法。它不仅如先前的方式那般清楚、自在，而且更含蓄、深刻；有了它，除了人们讲述的故事，她还会写出人们隐秘的心事；除了人物的外貌，她还会写出人生的意义。她会走到远处去观察人物，更多地观察群体而非个体。她不会再喋喋不休地讽刺，但言辞会变得更刻薄、更严肃。亨利·詹姆斯与普鲁斯特会跟随她的脚步——好吧，我们已经讲了很多了。这些都是不着边际的推测，皆是枉然；那位最杰出的女性艺术家，那位留下传世之作的伟大作家，"在刚感受到成就所带来的自信时"，离开了这个世界。

论乔治·爱略特

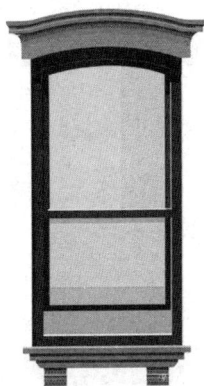

我们在仔细读过乔治·爱略特的文字后会惊觉对她的了解实在太少了，并因此而生出某种轻信（凡是有洞察力的人都不会特别欣赏此种态度）；带着这样的态度，人们半刻意半自觉地接受了这位茫然的女士对维多利亚时代后期的再现，而对于那些比她还茫然的读者而言，她拥有一种虚无缥缈的操控力。我们无法说清这种驭人咒语被破除的时间与方法，不过有人说这得益于其自传的问世。乔治·梅瑞狄斯说她是"马戏表演里活蹦乱跳的矮个主持"、讲坛上的"迷途女人"，大概就是因为这样，无数箭头被磨尖并煨毒，而弓箭手们即便无法命中目标也乐此不疲。小年轻讽刺她，严肃者拿她做方便的象征；那些严肃者若无法避免偶像崇拜的错，也可以拿嘲讽来打发他们。阿克顿爵士之前说她比但丁更了不起；赫伯特·斯宾塞命令伦敦图书馆不得借阅小说，除了她的作品，犹如那些作品不属于小说。她是女性的榜样与骄傲。另外，比起公开活动，她所记录的个人生活并不算太引人侧目。假如让谁重现那个小修道院[1]的午后景象，那么他一定会做出这样的暗示：在回忆庄严的礼拜日下午时，他的幽默感油然而生。他一度觉得那位坐在矮脚椅里正襟危坐、不苟言笑的女士令人生畏；他多么希望自己能说出些高明的话来。无疑，这是一番郑重其事的对话，我们从她所写下的一篇字迹娟秀清晰的备忘录便可得知。那是她在周一清晨记录下的，她埋怨自己口无遮拦，说话前应该稍稍考虑一下马丽伏的感受，表示她那时候其实说的是另一位作家；不过，她写道：事实上，在场的听众们已经补偏救弊。纵然如是，在礼拜日下午与乔治·爱略特探讨马丽伏绝非记忆中的浪漫一幕。时光匆匆，这一幕也已然远去了。它从来都不是充满生机的画面。

毋庸置疑，人们很容易相信她那有些长的脸蛋上不仅写着忧伤，还带着正言厉色、怒气难消的神情以及如马匹般的力量，所以每当想起她便会感到压抑与消沉，甚至会觉得那张忧郁的脸正在书本背后窥探。近来，戈斯先生记录下了他在伦敦街头所见到的坐在双座四轮马车里的爱略特：

一个又矮又胖的女巫，一脸严肃又恍惚地坐在里面；从侧

---

[1] 伍尔夫在此用小修道院指代爱略特的家，一方面，爱略特婚后离群索居，另一方面，她与朋友的探讨好比宗教仪式一般严肃。

面看，她那臃肿的面庞有些许哀伤；她头上的帽子虽然不适合她，却是巴黎最时髦的样式，在那时候，这种帽子上往往还会插一根超级大的鸵鸟毛。

里奇太太运用类似的手法为我们描绘了一幅更生动的室内肖像：

她坐在火炉旁，身上是华丽的黑缎长袍；一旁桌子上，除了顶着绿灯罩的台灯之外，还能看到德文书、小册子以及乳白色的裁纸刀。她看上去高贵而平和，眼睛不大但目光如炬，声音温柔甜美。我凝望着她，感觉她是如故友一般的存在；从她身上，我觉察到的绝不仅仅是友好的情谊，更是某种充满善意与宽容的冲动。

她的只言片语得以保留至今。她告诉我们："人们理应尊重相互之间的影响。凭借经验，我们很清楚你我的生活深受他人影响，所以不要忘了，他人的生活同样也会深受你我的影响。"不妨将这些教诲谨慎地藏在心底，然后想象一下：待到三十年后，你再度回忆起彼时情景，念叨起她说的话，刹那间哑然失笑，而你这辈子还从未这么开怀大笑过。

这些记录带给我们的感受是：作为亲历现场之人，记录者刻意保持着距离，头脑也很清醒，而在接下来的日子里，他在翻看那些小说的时候，绝不会被任何或活跃或费解或美好的个性的光芒迷了眼。通过剖析众多极具个性的小说可知，缺乏魅力是一个非常大的问题；那些谈论过她的批评家，诚然多为男性，之前似乎遮遮掩掩地表达过对她的不满，他们认为她缺乏一种特质，一种大众认为女子理应具备的强烈吸引力。乔治·爱略特不是一位俏佳人；她少了些女人味；她没有特殊的癖好，也没有奇怪的脾性，而这两样东西恰是诸多艺术家得以保持孩童般纯真与可爱的原因。

人们认为，对于包括里奇太太在内的大部分人来说，她表现出的"绝不仅仅是友好的情谊，更是某种充满善意与宽容的冲动"。然而，在经过更为认真的端详后，我们会惊觉这些画面都是那位知名女士的晚年肖像，黑缎长袍，双座四轮马车。作为女人，她足够努力足够奋进，而这些经历则让她生出了与人为善、助人为乐的深刻想法，然而，除了从年少时就彼此熟悉的那些朋友外，她一点儿也不想和其他人交往。我们不了解她年轻时候的经历，不过可以肯定，她的学识、哲思、名誉及影响力缺乏坚实基础——她的爷爷只是个木匠。

她人生篇章的第一卷是无比消极的。在这一卷里，她一边哀号一边拼搏，终于摆脱了那令她厌恶至极、无法忍受的狭隘的乡村社会（就社会地位而言，她父亲已接近中产阶级，不再低微了，可是中产阶级的生活可不像乡村生活那么惬意），在伦敦当上了报刊助理编辑，与赫伯特·斯宾塞做了同事，才华乍现，受人尊重。她在伤感的独白中透露了早年岁月的苦痛，而克洛斯先生对她横加指责，认为她不应借独白来讲述个人经历。年少的她颇为优秀，被认为"一定可以迅速掌握服装俱乐部里的某个本领"；接着，她将基督教会史呈现于图表之中，并顺势筹集资金修缮了一座教堂；后来，她不再信仰宗教，她的父亲恼羞成怒，不愿再与她生活在一起。再后来，她翻译了施特劳斯所写的《耶稣传》，并因此不得不面对一场斗争。那是一本令人心烦又"麻木人心"的书，除此之外，她还需要面对所谓的女性责任，忙着操持家务与照顾生命垂危的父亲；她很看重兄弟姐妹之间的情谊，却消极地认为他们不再尊重成为女学者的自己，种种这些都令她心中的烦闷得不到丝毫消减。她写道："我时常如猫头鹰般徘徊，而我的哥哥对此厌恶至极。"她站在基督复活的雕塑面前辛苦地翻译《耶稣传》，她的一位朋友看到之后写下了这样的话："真可怜啊！她的脸上没有血色，看起来很是憔悴；她感到无比头痛，却依旧担心父亲；有时候，她真的很可怜。"我们在翻看她的人生篇章时难免不自觉地心生希冀，非常希望她此后各人生阶段就算不会变得更安稳，起码也会变得更美好，然而，她在奔向文化堡垒时是怀揣着坚定决心的，而这种决心让这部作品得以凌驾于我们的同情之上。任务很艰巨，进展很缓慢，但在这一切背后，总有某种无法阻挡的、坚固且高远的志向在推动着她。她最终清除了路上的所有障碍。她懂得每一个人；她看过每一本书。她那令人震惊的充满理性的活力最终获胜。青春早已不再，但那是苦难的青春。于是，她在自己思想最自由、精力最旺盛的三十五岁做出了一个意义重大的决定，而这个决定之于我们而言同样至关重要，那就是去德国魏玛，与乔治·亨利·路易士共度余生。

在到路易士身边后，她很快就创作出了一些作品，而那些作品足以体现出她在收获幸福的同时还收获了充分的自由。它

们为我们带来了丰盛的精神食粮。不过，在文学生涯的初期，
人们可以看到，她的一些境遇会造成这样或那样的影响，致使
她的思想脱离身体，脱离当下，回到过去，回到乡村，沉醉于
安宁、美好、天真的童年记忆。正因如此，她的处女作才不会
是《米德尔马契》，而只能是《牧师生涯片断》。和路易士在
一起之后，她整日被爱包围，然而来自社会与传统的压力又令
她十分孤独。1857 年，她记录道："我渴望得到谅解，但不会
邀请他人来访，除非他本人提出，我才会邀约。"此后，她还
表示她"被全世界摒弃"，可是她从未后悔过。一开始是因为
境遇，后来是因为名声，这是没办法的事，她太引人关注；她
失去了成名前的活动能力，即便是在相同的情况下，而这对于
小说家而言可谓沉重的打击。虽说是这样，当《牧师生涯片断》
中那明媚日光照在你我身上时，我们看到那颗成熟且宽广的心
携着某种肆意的自由感在"邈如旷世"的世界里浮现而出，若
说她有所损失，好像并不恰当。之于这颗心，一切皆是财富。
一段段经历一层层地透过感知与反省，它们得到了净化，成为
这颗心的丰富养料。说起她对小说的态度，因为对她的生活了
解不多，所以我们能作出的结论只是，她对一部分教训（这些
教训出现得不会太早）心有不甘，其中对她影响最大的大概当
数安之若素的忧郁个性；她对平凡之人心存怜悯，而且很高兴
跟人细说生活中寻常的喜怒哀乐。在她身上看不到浪漫主义者
的激愤，那种态度通常和个体的存在感息息相关，无法抑制也
无法满足，并在世界的巨幕上清晰可见。当傲慢的老牧师一边

喝着威士忌一边思考梦想时，《简·爱》里所写的那种激烈的
自我中心主义会让他心中翻涌出何种爱恨呢？《牧师生涯片断》
也好，《亚当·比德》也罢，抑或《弗洛斯河上的磨坊》，这
些早期作品都充满美感。她不但刻画人物，譬如家人波伊泽、
道特森、吉尔菲、巴顿等，还会刻画人物所处的环境及附属品；
他们身上有数不清的优点，是那么生动鲜活，我们穿梭在他们
当中，有时心生厌恶，有时心怀怜悯，对于他们的言谈举止，
无疑地，我们不会抗拒；唯有独具匠心的伟大作品才值得我们
这般信任。她以自然的笔触将记忆与幽默的力量赋予人物，让
一幕幕情景接二连三地出现，最终编织出一幅英国传统乡村图
卷，而这股力量与自然进程异曲同工，以至于我们再难找到不
足之处。我们开心地敞开怀抱，我们感受到了唯有独具匠心的
伟大作家才能带来的妙不可言的精神世界里的轻松与温馨。甚
至，当我们时隔数载再次翻开这些作品时，它们还是会出其不
意地迸发出不减当年的巨大能量与活力，令我们无比渴望在那
片暖意中好生休息，那感觉就像从果园红砖墙上倾泻下来的阳
光照耀在我们身上。我们自然地接纳了英国中部乡村男女的诙
谐，如果我在这方面带有不假思索地放任自流的因素，那么在
这些情况中也是如此。我们甚至不打算对这么宏观且涉及人性
的事物进行分析。一想到谢泼顿的世界与海斯洛普的世界相去
甚远，而大多数读者也只能远远感受农夫与雇工的心，我们只
能将四处漫游时——从寻常的小屋到铁匠的工坊、从村居的客
厅到牧师的花园——所体会到的惬意解释为：乔治·爱略特在

与我们分享生活时心中泛起的是同情，而非好奇或恩赐。她并不擅长讽刺。她的心灵在活动时过于迟缓，而且不够玲珑，实在不适合写喜剧。好在她对人性中的主要因素了解得足够深刻，能够用宽容、谨慎、恰当的理解力将那些因素以不太紧密的方式结合起来，在重读这些作品的时候，我们会看到这种理解力不但能让人物活灵活现，还给了他们一种令人不可思议的控制力：让读者哭或笑。例如众所周知的波伊泽太太。她的作品可以轻松地将她的特性发挥得淋漓尽致，实际上，爱略特似乎过于频繁地透露出对他人的嘲讽之意，但最后反而因此受到了他人的嘲讽。不过，在读完这些书之后，记忆会自动挑选出精妙的细节（如同生活中偶尔会出现的情况）；在阅读时，我们把注意力放在了显著特征上，所以忽略了那些精妙细节。在我们的记忆里，她身体不好；在部分场合中，她一句话都不会说；在生病的孩童跟前，她可谓忍苦耐劳的化身；她对托蒂宠爱非常。如此这般，静静探究乔治·爱略特笔下的大多数人物，我们可以看到，即便是无足轻重的人物，其身上也总有地方潜藏着某些特质，而这些特质是不需要她刻意放到光天化日之下的。

不过，在她最初的几部作品里依稀可见更具意义的细节，潜藏在种种忍辱负重与悲天悯人当中。她广阔的胸襟能够容下无数失败的人、愚蠢的人、母亲与孩童、宠物狗以及英国中部郁郁葱葱的原野；能够容下精明的农人、糊涂的酒徒、贩马的人、客栈老板、助理牧师，还有木匠。他们四周无不弥漫着某种浪漫气息，而那是爱略特在自己的特许下所制造的唯一的浪漫——旧日的浪漫。这些作品都极具可读性，而且看不到任何夸张与刻意的地方，令人叹为观止。对于熟读其大量早期作品的读者而言，混沌的记忆在逐渐变得清晰，然而这并不意味着她的力量在减弱，因为在我们看来，《米德尔马契》是成熟的作品，更是其力量的巅峰之作，堪称伟大，尽管它有诸多不足，但依旧是英国小说里屈指可数的为成年人创作的作品之一。她走出了那个由原野与农庄组成的世界。在生活里，她也曾前往别处另辟蹊径；另外，虽说她是用平和宽容的心境在回忆过去，但我们在其早期作品中仍然会看到困顿、严苛、疑惑及受挫的人物，而那样的人物俨然是她自己的化身。在《亚当·比德》中，她的影子在黛娜身上若隐若现；在《弗洛斯河上的磨坊》里，她将自己更坦然、更完整地赋予麦琪。她化作《珍妮特的忏悔》里的珍妮特，化作《罗慕拉》里的女主角罗慕拉，化作《米德尔马契》中聪慧的多罗塞娅——嫁给拉第斯劳并在婚姻里探寻世人百思不得其解的事物。我们的观点是：有人会因为那些女主角而不喜欢乔治·爱略特，而且他们的理由是很充分的；显然，她们把她的缺点展露无遗，令她身陷困境，在自我意识的驱使下惺惺作态，说教不休，甚至偶尔还会显得粗俗不堪。不过，只要将这种"同胞"关系抛诸脑后，便可以脱离那个更低级、更渺小的世界，虽说那个世界拥有不错的艺术性，能带给我们更多的乐趣与慰藉。在谈论她的不足之处（就事论事）由何所致的时候，不要忘了，她直到三十七岁才走上创作之路，在那个年纪，她开始在某种交织着痛苦、怨恨、愤怒的情绪中探寻自我。她甚至一度长久地想要忘记自我。在创作力越过第一座巅峰后，她找到了自信，同时也愈加习惯自我创作，当然，她在这么做的时候并没有武断地将年轻的主角彻底舍弃。女主角们在诉说她的心声时，她的自我意识便显而易见。她千方百计地想要掩饰，同时又用财富与美感来装饰；更令人不可思议的是，她甚至还在努力营造一种"白兰地"风格。她的才华给了她力量，使她得以勇敢地站出来，在安宁的田园里表达自我，这同样是一个既窘迫又刺激的事实。

那位坚称自己是在弗洛斯河畔磨坊里出生而且身份高贵的漂亮女孩就是最佳证明——证明了一位女主角能够为周围环境带来不可磨灭的影响。小时候的她满足于和吉卜赛人一起逃跑以及在洋娃娃身上敲钉子，那个时候，她被某种幽默感所支配，显得烂漫且无邪，然而，她会长大；在乔治·爱略特反应过来之前，她便开始控制一个成年女子了。她所需的不再是吉卜赛人和洋娃娃，也不是圣奥格小镇能带给她的既有的一切。为了她，爱略特先是写出了费利浦·威根姆，而后又写出了斯蒂芬·格斯特。人们总是说前者太过怯懦，后者太过粗犷，不过就这两个人物的怯懦与粗犷而言，我们不能认为乔治·爱略特缺乏描绘男性肖像的能力，她不过是在必须为女主角寻找合适伴侣的时候，因为不够确定、不够坚定、不够自信而下笔颤抖。她不得不从自身所熟悉与热爱的土生土长的世界走出去，走进中产家庭的客厅聆听年轻绅士们在夏日晨光中的歌唱，凝视年轻太太们坐在那里为慈善义卖活动编织吸烟帽。她知道这是自己所不擅长的方面，而这一点从她对"良好的社会"那稚拙的嘲讽就能看出来：

> 良好的社会拥有独属于它的丝绒地毯、红葡萄酒、歌剧、高雅的舞厅以及提前六周预约的宴会……科学的研究者叫法拉第，宗教活动的主持人是进出权贵豪宅的高级牧师，它又何须鼓舞与强化呢？

我们在这段话里看不到任何洞察力与幽默感，只看到因嫉妒而生的报复心，而在本质上，这种报复心是很个人化的。不过，虽然社会制度对这位离经叛道的小说家的分辨力与同情心提出了繁复得令人畏惧的要求，但麦琪·吐立弗所表现出的行为还是比乔治·爱略特的做法——让麦琪脱离自然环境——更加恐怖。她不懈地在作品里描绘恢宏、激烈的画面。她必须遇到爱情；她必须走投无路；她必须紧抱哥哥在激流里死去。你越认真揣摩这些恢宏、激烈的画面，就越会焦躁地察觉到头顶上方有乌云在酝酿、集结和密布，然后在千钧一发之际，那片乌云会猛地炸裂，变成一阵打破幻想、连绵不绝的大雨。究其缘由，一是因为她对对白（在以非方言的形式呈现时）的掌控力还不够强，二是因为她不再年轻，心灵容易倦怠，在需要集中精力、酝酿激情的时候，她总是瞻前顾后。她任由那些女主角喋喋不休。她的言论不够精致巧妙，也不够恰如其分。她没有那种用一句话精准指出画面核心的鉴别力。"你想与谁共舞呢？"在韦斯顿家举办的舞会上，奈特利先生如此问道。爱玛回答："你，假如你向我发出邀请。"她的言语透露了她的心情。若是换作《米

德尔马契》里的卡索朋太太，怕是要唠叨上一个钟头，而我们
也会烦不胜烦地看向窗外。

　　但是，如果让乔治·爱略特果断放弃她的女主角们，让她
一直待在"远去"的田园世界里，那么她的伟大便会有所折损，
她也会失去心中所爱。毫无疑问，她的伟大是看得见的。她的
视野是宽广的，她特写的场面拥有高大坚实的线条，她的早期
作品充满生机，她的后期作品充满追求的力量与深刻的反省，
正因如此，我们被深深吸引、无限徘徊、恋恋不舍。让我们最
后再来看一眼那些女主角。多罗塞娅·卡索朋说："我从小就
在寻找我的信仰，我曾经总是祈祷——如今已鲜少这么做了。
我在尝试放下那种只在乎自己的欲望……"她说出了女主角们
的心声，揭示了她们难以解决的问题。她们的生活离不开宗教，
所以她们从小就在寻找某种宗教。对于善良宽容的品格，女主
角们无不心存某种属于女性的深邃激情，这让她伴随着希望与
苦痛站在那部小说的中央——那里如同教堂般庄严和隐蔽，可
她却茫然不知该向谁祷告了。她们一边学习，一边追求；在成
年女子的生活责任里追求；在女性力所能及的更大贡献里追求。
无疑，她们没能如愿以偿。传统的女性意识满载着情感与痛苦，
在无言了许多世代之后，好似终究在她们身上翻涌决堤了，不
仅如此，她们还开始呐喊索求——她们甚至并不清楚自己在干
什么——某种事物，而那事物可能有悖于人类存在的种种事实。
乔治·爱略特聪明过人，她没有篡改任何事实；她心胸广阔，
没有企图敷衍真理的要求，因为真理是严肃的。她让女主角们

勇敢拼搏，又让她们在拼搏后不得善终，也有以妥协落幕的情况，但那是更悲惨的结局。她们演绎的一切，都源自乔治·爱略特的亲身经历。在她看来，只讲述女性在生活中所承担的重负以及所处环境的复杂性是远远不够的，她决定步入雷池，为自己寻得奇幻神秘、流光溢彩的知识与艺术的果实。她将果实紧握在手，几乎不曾有女子做过这样的事，她不想放弃自己的承袭——不一样的观点，不一样的标准，也不想接受不切实际的回报。于是，她受到了我们的关注，她是一个令人难以忘怀的人；人们曾过度地褒扬她，而她则在名声前踟蹰不前、心灰意冷、沉默不语，然后颤抖着躲进爱情的避风港，仿佛只有爱情才能让她满足，才是安身立命之处，与此同时，她还抱有"吹毛求疵又急不可耐的志愿"，期待那好奇且自由的心灵能得到生活的支持，她怀揣着女性的雄心壮志，勇敢地站在了属于男性的现实世界里。不管她在创作过程中遭受过何种挫折，结局终归是成功的、胜利的。想想她如何勇敢地追寻并得到了想要的一切，想想她如何清除那一个个阻碍——性别、健康、传统，想想她如何探求更丰富的知识与更高程度的自由，直至不堪重负，身心俱疲，形同枯槁。我们应该在她墓前放上精心准备的祭品，送上月桂与玫瑰。

论福笛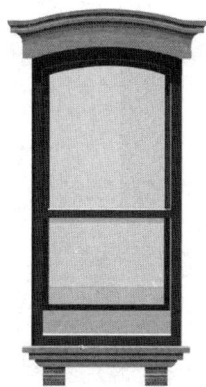

那些报道百年纪念的人通常都心怀忐忑，生怕自己是在窥视一个即将烟消云散的魂灵，还必须告诉人们它正在消失。但报道《鲁滨孙漂流记》两百周年纪念的人不但不会冒出这样的顾虑，而且一想到这样的担忧便会觉得好笑。这可能不会有假，1919 年 4 月 25 日，《鲁滨孙漂流记》问世两百周年。当然，我们没必要去探究没意义的问题：读者们今天会不会选择阅读它以及未来会不会继续阅读它。"两百周年纪念"所达到的效果是惊人的：作为一部传世之作，《鲁滨孙漂流记》存在的时间原来这么短。它似乎已成为全民族的"无名"作品，而非某个作家的智慧产物；一谈到它诞生了两百周年，我们就会联想到英国史前遗迹威尔特郡索尔兹伯里平原上矗立的巨石柱。当然还有其他原因：我们在小时候都听人读过《鲁滨孙漂流记》，所以我们对它及其作者笛福的感情类似于希腊人对荷马的崇拜。我们那时候从来没有意识到笛福的存在，假如听到有人说《鲁滨孙漂流记》是某某写的小说，我们可能会感到生气，或者觉得无关紧要。童年印象会造成最深远和持久的影响。丹尼尔·笛福这个名字似乎始终无权出现在自己作品的扉页上，而我们在《鲁滨孙漂流记》诞生两百周年之际所作的纪念只是间接地证明了它和庞大的史前巨石柱一样被保存至今。

《鲁滨孙漂流记》赫赫有名，但它的作者却因此遭遇了不公；它为笛福带来了"无名"的荣耀，但也隐藏了一个事实：它的作者还写了其他一些作品，至于那些作品，不得不承认，我们小时候没听别人读过。《基督世界》杂志的编辑在1870年向"英国的男孩女孩们"发出号召，在笛福那已被雷电损毁的墓地上建起一座纪念碑，并在大理石碑面上刻下了"纪念《鲁滨孙漂流记》的作者"字样。并没有《摩尔·弗兰德斯》之名。只要回忆一下那本书的主题，还有《罗克萨纳》《辛格顿船长》《杰克上校》等的主题，我们就不会惊异于这种忽视，尽管你我可能会心生愤懑。作为"笛福传记"的作者，赖特先生的话得到了我们的支持，它们"不是在客厅餐桌旁为人朗读的那类作品"。不过，除非我们将实用的客厅餐桌作为衡量艺术性和趣味性的最终标准，否则我们一定会对此感到遗憾：它们因为表面上的粗拙和《鲁滨孙漂流记》的深入人心，而无法获得它们应该拥有的名誉。无论在哪块纪念碑上，只要还被叫作纪念碑，就应该将《摩尔·弗兰德斯》《罗克萨纳》之名与笛福二字镌刻在一起。它们的名字有资格和那些公认的、少有的、卓越的英国小说出现在同一个地方。在纪念它们最知名的同胞诞生两百周年时，我们或许应该好好想想：它们的卓越体现在哪里，它们与《鲁滨孙漂流记》共同的优点又有哪些。

笛福在踏入小说家之列时已青春不再。他是理查森与菲尔丁的前辈，不仅早入行许多年，更是真正定义小说类型并推动其发展的一位先驱。

不过，对于他的先驱地位，我们不打算细说，但值得强调的是，他在创作小说之前对这项艺术已经有了些许概念，其中部分原因在于他是将"小说"概念付诸实践的第一批作者中的一位。小说必须反映真实生活，必须颂扬美德，这才是其价值之所在。"虚构和编造是最无耻、最丑陋的行为。"他认为，"某种谎言在心上戳出一个大洞，而撒谎的习惯会慢慢深入其中。"所以，他坚持在所有作品的序言及正文里想办法表明态度：他不曾编造故事，他始终尊重事实，他一直以来的目的都是合乎道德的，他希望有罪之人能醒悟，他教导单纯之人别走上错误的路。值得庆幸的是，他的原则很符合他的气质与天赋。在将个人经历写进小说前，他用了六十年的时间应付命运的种种安排，而它们为他的心灵提供了足够多的事实。他说："前不久，我写了两行对偶诗，那就是我这辈子的缩影：

人生的况味，无人比我尝得多；

贫富的交替，十数次捉弄于我。"

他在创作《摩尔·弗兰德斯》前不惜耗费一年半的时间，

在伦敦新门监狱里采访盗贼、海盗、抢劫犯、假币制造者。可是，依循日常生活与偶然事件在脑海里所留下的线索来体会真实故事是一回事，而将他人口述的事情消化吸收，再以不朽的方式保存下来又是另一回事。笛福不仅能够理解贫穷所致的重负，还和不堪重负的牺牲者们交谈过，那种受制于环境的、被迫以不择手段勉强维持的生活给他带来了灵感，并成为他进行艺术创作的恰到好处的素材。他在著作的前几页里，总让男女主角身处残酷的苦难，从而不得不在人生逆流中不停挣扎，最终幸运地活下来，而这种幸运又是他们坚持拼搏的结果。摩尔·弗兰德斯出生在新门监狱里，母亲是一名罪犯；辛格顿船长在很小的时候便被人贩卖给了吉卜赛人；杰克上校尽管"来自绅士家庭，却做了盗贼的徒弟"；罗克萨纳原本衣食无忧，却在十五岁时出嫁，眼睁睁看着丈夫破产，然后带着五个孩子苟且偷生，身处"言所能及的最为不幸的境地"。

于是这般，男孩女孩们只能努力奋进，为生存而闯荡。这样的安排和局面正是笛福想要的。在这些人物当中，最为人熟知的莫过于摩尔·弗兰德斯，她一来到这个世界，准确地说她只度过了半年舒缓时光，就不得不听命于"最可怕的恶魔——贫困"；她刚学会做女工，就被迫自谋生路；她被人驱赶，只能四处漂泊；她却从不向母亲索求幸福的家庭，因为那个人对此不仅无能为力，还得靠她去尽力招揽顾客，甚至是陌生人。从始至终，她都肩负着生存的重担，以证明自己活在这世上。她只能凭自己的判断与理智以及经历重重意外之后，大脑所练就的、从经验中获取的道德准则来与生活博弈。这个故事十分生动，究其原因，有一点是因为她从小便不受公认的法律所限制，并因此而得到了一种自由，而那种自由属于不被社会接纳的流浪者。但有一件事绝不会发生在她身上，那便是过上安稳的定居生活。不过，笛福从一开始就展现出了某种由独特才华而带来的力量，他回避了显而易见的危机，没有落入冒险小说的窠臼。他告诉我们，摩尔·弗兰德斯虽为女子却独立自主，但不只是为了迎合这个系列冒险故事才存在。因此可以看到，她如罗克萨纳一般，最初是热情又不幸地走进了爱情。她不得不勉强嫁给某个人并时刻关注账单与未来，对于她的热情来说，这是必不可少的因素，但同时需要她拿自己的出身来负担一切；另外，无异于笛福所塑造的其他女子，她拥有无可挑剔的理解力。为了达到目的，她会果断地选择欺骗，然而尽管如此，她口中的真相也确实隐藏着某些不可辩驳的事实。她不能把时间浪费在追求细腻、微妙的个人感情上；她怆然涕下，半晌后又"接着讲述那个故事"。她拥有不惧风雨，逆风前行的气魄。她喜欢展示种种个人能力。在得知自己在弗吉尼亚所嫁的男人竟是自己的亲兄弟时，她内心翻涌出厌恶，坚决表示要与之分道扬镳；然而，她刚刚抵达布里斯托尔港，"就改道去巴思温泉，毕竟我还那么年轻，而且一直是个乐天派，我必须将乐观发挥到极致"。她不是没心没肺的人，也没有人说她轻佻；可是，她是享受人生欢愉的人，她鲜活得令人瞩目。更重要的是，在她的理想中还夹杂着一丝幻想，这样一来，她的理想又有了高贵、激情的特质。她向来既蛮横又务实，但是，她的内心依旧常常产生某种希冀，希望得到浪漫爱情的垂青，希望在男人身上看到绅士风度。她曾在路上遭遇抢劫，而劫匪对她的财产做出了错误判断，对此，她表示："在他身上可以看到真正的骑士风度，但于我而言却是一件悲惨的事。毁在一位体面绅士的手里可比毁在一个流氓手里要好得多，而这种想法甚至都只是一种自我安慰而已。"后来发生的事很符合她的个性。她那位最后的朋友令她倍感骄傲，因为在来到殖民地后，他情愿以狩猎为生也不参与劳作。她开心地买来银柄宝剑与假发送给他，"让他看起来宛如高雅的绅士，而且他本就是这样的人"。她喜欢热气腾腾的天气，她俯身亲吻儿子走过的土地，前者的热爱与后者的激情具有异曲同工之妙。她容忍着他人的过错，除非那过错"在精神上低俗不堪、残酷专制；在占据优势时冷漠严酷，在身处劣势时卑微沮丧"。只要不是这样的人，她都会友善对待。

这位历经苦难的老妇人的种种品格还远不止这些，不难理解，为什么博罗的女人——伦敦桥上的苹果小贩——说她是"受上帝恩赐的玛丽"，还说全部的苹果加起来都比不上她的书有价值，而博罗则躲在货仓角落里阅读那本书，直到两眼酸涩。我们如此详细地谈论透露人物性格的线索，只是想说明摩尔·弗兰德斯的塑造者并不是大众所批评的那种人，他不是一位不懂人心本质的新闻记者，不是一位只知道复刻现实的记录者。事实就是如此，那些人物的外在形象与内在本质皆是自然出现的，仿佛并不在意作者的存在，也不会完全遵从他的安排。他不曾详细描述或刻意强化任何细微或感人的部分，他在讲故事的时候既迫切又冷静，那些细微感人的东西都是在他不经意间自然流露的。相较于作者自己，那充满想象的文字（譬如，王子在儿子的摇篮边静静坐着，罗克萨纳发现"他欣喜无比地凝视着熟睡的孩子"）在我们眼前展示出了更丰富的意义。针对是否有必要让一个次要人物——新门监狱里的盗窃犯——得到那个重要消息，他特意发表了一番颇具时代特色的论述，而后又担心人们会在梦里争论，便恳请大众原谅他的东拉西扯。他将每个人物都牢记于心，以至于他浑然不觉自己是用了什么方法让他们如此鲜活；另外，无异于其他无意识的艺术家，他在小说里埋下的宝藏显然多过同时代其他人的发现。

所以，对于他笔下的人物，我们的分析或许会令他不解。我们发现了他不曾察觉的被谨慎掩饰的种种意义。接踵而至的是：对于摩尔·弗兰德斯，我们给予的赞叹比指责多得多。令人难以置信，笛福为摩尔·弗兰德斯的犯罪事实下了定论，但他可能并不知道，他所反映的社会"弃民"生活涉及了诸多深刻的社会问题，尽管他没有对这些问题做出明确的回答，但在小说里，我们仍然看到了一些不符合其信仰的暗示。他曾以"妇女的教育"为题发表了一篇论文，从中可知，他是超时代的存在，他深入思考了女性的能力（他的结论是非常高）以及女性遭遇的种种不公（他严词谴责了这一现象）。

我常常想，尽管我国是文明的基督教国家，可我们却剥夺了女性受教育的权利，而这是世上最蒙昧的传统之一。日复一日，我们傲慢无知地责难女性；我坚定地认为，假如让女性与我们一样接受教育，她们绝不会犯下比我们更多的罪。

女权主义者们大概不会将摩尔·弗兰德斯、罗克萨纳之类的女子纳入保护名单；不过，这并不难理解：在笛福看来，她们不但要谈论一些与这个问题有关的与时俱进的话题，还要身处这样的环境，只有用这样的方式将她们所经历的不寻常的遭遇加以展示，才会必然地激起你我的怜悯之心。在摩尔·弗兰德斯口中，女性需要鼓起勇气，"坚持自身立场"，并迅速表现出能够获取到利益的力量。罗克萨纳的信念与她如出一辙，她喊出了更为敏感的"不做婚姻奴隶"的言论。她听到一位商人说，婚姻会帮助她在"这世上开辟一番新事业"；但在她看来，"这种说法有悖于一般实践"。笛福是所有作家里最少运用直白说教的人。罗克萨纳着实很吸引人，原因在于她全然不知，她是良性的存在，是女性的典范，她有权认为她的那些观点"含有严肃与高尚的意味，我对此确实始料未及"。在洞察到自身种种弱点后，她发自内心地对自己的动机感到疑惑，而这给她带来了令人喜悦的结果：让她有了生动的形象与丰富的人性。而那一众在小说里直击社会问题的先行者与殉教者却无法阻止作品的凋零，最终只能守着那些论说个人信念的教条。

然而，笛福令人敬佩的原因并不在于我们可以领悟到他预先暗示的某些梅瑞狄斯所提出的见解，或是展示出了某些在易卜生的剧本里可以看到的画面（他已经提出种种离奇的建议）。

他对女性地位的看法——不管是什么——皆是他主要优点的附属品；他主要的优点是只展示事物持久且重要的方面，舍弃短暂且琐碎的东西。他的作品通常都很枯燥。他可以做到科考者般的实际与准确，以至于我们会惊讶于他竟然可以写出，或者说他竟然可以想象出那些很难找到事实基础的画面，以此来掩饰作品的单调。他不在乎蔬菜的大多数特性，也不在乎人类的大多数本能。我们对此表示接受，就像接受很多伟大作家所表现出的同样严重的不足。不过，这并不影响剩下那些特殊的优点。他一开始就对自己创作的范围和初衷做了限制，这让他得以观察到事情的真相，相较于他所说的源自目标客观外在的真实，这种真实则要持久与珍贵得多。摩尔·弗兰德斯及其朋友们自告奋勇，得到了他的关注，但原因并非人们所认为的，他们的表现"活灵活现"，也不是他所说的，他们的故事能劝人惩恶扬善。经过苦难的洗礼，他们身上油然而生了一种令他兴致盎然的真实性。没有理由去利用他们；也没有宽容稳妥的方式去隐藏他们的动机。压在头顶的贫穷本就是监视者。对于他们所犯下的错误，笛福只会口诛笔伐一番。他们机智勇敢、自强不息，他对此倍感欣慰。他看见，他们的世界充盈着有意思的故事和对话，肝胆相照的诚意以及一套自创的道德准则。他们的命运瞬息万变，令他穷尽一生去关注、欣赏和寻味。最不可忽视的是，那群男女可以公然地肆意地谈论那种古往今来一直令人震撼感动的欲望与激情，正因如此，时至今日，他们依旧保持着生命力。每一件被公开并被关注的事物都潜藏着某种尊严。即便是对他们的人生经历造成极大影响的肮脏主题——金钱，若非意味着悠适与傲慢，而是象征着坦诚、荣耀及生活本身，便不再是个肮脏的引发悲剧的主题了。你或许会反驳我说，笛福很普通、很枯燥，但你肯定不会认为他痴迷于了无生趣的生活琐事。

　　毫无疑问，他是质朴且伟大的作家。这类作家在作品中剖析的是人性中最持久而非最诱人的那些方面。伫立在亨格福德桥上鸟瞰伦敦，是壮观、肃穆、黯淡的景致，充斥着车水马龙与小商小贩所带来的轻微躁动，若不是那些桅杆、塔尖和拱顶的存在，这画面将缺少意趣，平淡至极，它让人联想到笛福。那些在街头叫卖紫罗兰的不修边幅的女孩，那些在桥下贩卖火柴与鞋带的含辛茹苦的年迈妇女，她们耐心等待着，她们好似来自笛福书中。他与克雷布、吉辛同属一个学派，在这个要求严苛的学习领域里，他的身份不只是他们的同学，更是这一领域的先驱与大师。

托马斯·哈代
的小说

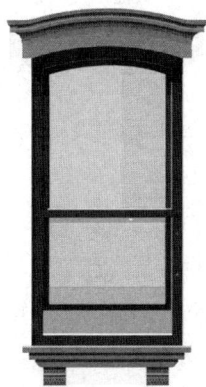

身为英国小说界的领袖人物，托马斯·哈代的去世无疑是令人心痛的损失。这么说是因为，似乎再没有哪位作家能达到这般公认的至高地位，没有哪位能够如他一般自然而然地被大家崇拜。当然，也没有哪位作家比他更不在乎这一切。那位质朴、高洁的老人要是听见我们此时此地所说的华丽言辞，定然会深感窘迫，不知如何是好。虽说如此，但事实就是这样：他若还活着，那么不管怎么说，终归还有一位小说家能够让小说这种艺术散发荣光；他活着的时候，我们找不到任何理由来轻视他所投身的这份事业。这并不只是因为他天赋异禀。人们崇拜他，是因为他的正直与谦虚，也是因为他在多塞特郡过着不自吹自擂、不追名逐利的朴实生活。除了这两个理由，还因为他天生的才华以及他对待自身才华的严谨态度，我们自然将他视为艺术家来顶礼膜拜，同时也尊重和仰慕他原本的模样。不过，我们要谈论的主题是他的小说，是他许久之前的手笔，而它们似乎与当代小说格格不入，如同哈代与当下这躁动、渺小、平庸的生活无法融合。

　　谈及小说家哈代的丰功伟业，我们必须把时光往回拨动一个时代。1871 年，三十一岁的哈代完成了一部名为《非常手段》的小说，不过那时候的他还算不上是一位具有控制力的技术娴熟的工匠。如他所说，他"还在探索之路上寻找写作方式"；他大概已经洞见了自己身上与生俱来的各种能力，但还没有参透它们的特性，或者说还不知道如何将它们发扬光大。翻看他的处女作，就好比替他分担那种进退两难的尴尬。他拥有强大的、夹杂着讽刺意味的想象力；他具备某种通过阅读而获取的知识；他有塑造人物的能力，却没有支配人物的能力；他明显无法克服技巧上的困难；离奇的是，在某种感觉的指引下，他倾向于有某种外部力量在操控人类，而这促使他以夸张乃至极端的方式利用偶然因素。他在心里已经对小说这种形式下了定义，认为它不是玩具，也不是争论，而是工具——用来提供与生活之现实、残酷与激烈有关的印象。然而，对于这本书，或许我们最应该关注的是那从字里行间爆发出的瀑布般的巨响与回声。这种力量在此后的作品中占比庞大，但这本书是它的首次演出。哈代已经向我们证明，他对自然界的观察既熟稔又细致；他能判断出雨滴是落在了树根上，还是落在了田地间；他能分辨出风穿过不同种类树木的枝叶所发出的不同声响。不过，他认为大自然是一种广义的力量，并且有神明潜藏其间；面对人类之命运，它要么心怀怜悯，要么报以嘲弄，要么冷眼旁观。他在创作这部小说的时候就已经有所感触了。这也解释了为什么赛西莉亚小姐与阿德克莱芙那粗制滥造的故事会给人留下深刻印象，它是当着大自然的面，在神的关注下完成的。

我们似乎可以就此认定他会写诗，但要说他是小说家，却为时尚早。不过，他在次年出版的《绿荫下》明确地告诉我们，他已走完大半"寻找写作方式"的坎坷之路。处女作所显现出的固执的独创性已不见踪影。相较而言，新作品更成功、更吸引人，充满田园般的诗意。他看起来很擅长描绘英国风光，他刻画的无不是乡村的小屋、花圃以及年迈的农妇，她们四处游走，只为让那些正在飞速消失的古老的语言和习惯得以延续下去。他是古代传统的忠实爱好者，是兜里揣着显微镜的心细如发的博物学家，是时刻揣摩语言形式如何变幻的学者，他曾激动地聆听从不远处树林里传来的小鸟被猫头鹰捕杀时发出的哀号！那哀号"在一片静寂中回荡，却没有与它相交织"。随后，从远处又传来一种奇怪的透着危机的回声，犹如在夏日晴朗的清晨，海面上响起的一记枪声。这些早期作品会带给我们一种孤寂的萧索的感觉。我们感觉到：哈代的才华是坚定和倔强的，一开始，他受到一股天生的力量随意的控制，后来，另一股天生的力量又占了上风。它们不愿意在活动里齐心协力。的确，这大概就是一位诗人兼现实主义作家需要面对的命运；他诚挚地追求晨光与原野，但书本知识所带来的低沉与疑惑又令他备受折磨；他深爱着传统的生活方式与朴实的乡村野夫，可命运又让他眼睁睁看着祖先的希冀与信仰在自己眼前逐渐消失。

在这些矛盾中间还隐藏着大自然所制造的另一个因素，而它说不定会打破这种发展的平衡。一些作家起初便能洞察到一切，而另一些则无法意识到太多。诸如亨利·詹姆斯、福楼拜之类的作家不但可以很好地发挥天赋，还可以在创作时支配天赋；他们可以察觉种种场合里的种种可能，绝不会对任何意外表现出吃惊。相反，诸如狄更斯、司各特之类的作家则没有这样的意识，在他们本人尚未发布意见之前，汹涌的情感就已经将他们抬起，向前奔流。直到风浪平息下来，他们也没有搞明白到底是怎么回事，又是因为什么。不得不承认，哈代就是他们中的一员——那就是他充满力量却又脆弱不堪的根本原因。他自己说那是"瞬间的幻象"，而这准确地定义了他在所有作品里都有所呈现的那种充满惊人之力与震撼之美的片段。借由一种你我捉摸不透，而他也掌控不了的瞬间陡增的力量，某个情节猛然脱离了别的情节，好似它的存在原本就是独立的、不朽的。我们看见，滴雨的树荫下，运送芬妮遗体的大车沿着大道行驶着；苜蓿丛里，那些自命不凡的绵羊正在挣扎；巴斯喜巴小姐目瞪口呆，因为特拉在她身边舞动军刀，不仅将她的秀发削掉了一缕，还将多如雨点的毛虫扔向她的胸口。有血有肉的画面历历在目，不仅如此，因为我们在阅读时调动了所有感官，所以我们不但看到了，还深深地记住了它们。然而，一股力量突如其来，又旋即遁影。当瞬间的幻象消失过后，持久的平淡的白昼随之而来,我们并不认为有办法或有技术能捕获这股倔强的力量,并让它更顺服地听令行事。所以,那几部小说是失衡的,它们艰涩难懂,死气沉沉,缺乏真情实感,但我们不能说它们单调无聊;它们散发着一些无意识的神秘之物,而在通常情况下,那明亮的光晕与尚未完成的轮廓都会令人产生最深刻的满足感。哈代好像对自己的举动毫无意识,似乎他的意识包含着的东西比他所能创造出来的更多,而做他的读者,需要自己寻找小说的完整意义,并凭借自身经验来做补充。

于是,哈代的天赋在发展过程中具有不确定性,而天赋所激发的成就也具有不均衡性;不过,只要给它机会,它就能激发出辉煌的成就。在小说《远离尘嚣》里,它得到了充分的机会。合适的主题、合适的方法;诗人、同乡、感官敏锐的人、消沉自省的人、学富五车的学者,纷纷应邀而来,携手进行创作;不管文学潮流有多善变,英国伟大小说的行列里一定有它的位置。和其他小说家相比,哈代更擅长描写物质世界里的感觉:我们感受到,茫茫人生路被包裹在一种自然景色之中,而那景色又是绝世独立的;正因如此,哈代的作品被赋予了一种沉静的肃穆的美。漆黑的低地里散落着掩埋遗体的小丘与牧羊人的茅草屋,那种美与天空对峙,如同海波般顺滑,同时坚实且不朽,延伸至无垠的远方,静谧的村落藏在它的褶皱里,白日里有袅袅炊烟升起,入夜后有灯火点亮无边的黑暗。山脊上,永远的牧羊人加布利埃尔·欧克正在牧羊;满天繁星是穿越时光的篝火;纵然沧海桑田,他依旧守望在羊群旁。

不过，山下的谷地中是生机勃勃、温暖如春的大地；人们在农场里忙碌劳作，粮食堆满了谷仓，牛羊在田野间哼唱。富饶、宏伟、多情的大自然此时并无恶意，依然是劳动者们了不起的母亲。在这里，哈代的幽默感前所未有地迸发而出，借由村夫之口，生动且多彩。简·柯根、亨利·弗赖依还有约瑟夫·波尔格拉斯，他们在累了一天之后，结伴来到麦芽厂享用啤酒，任由那尖酸刻薄又充满诗情画意的幽默感倾泻出来，而那幽默感在他们的脑海中酝酿已久，从善男信女们走上朝拜之路起，它便在酒精的作用下化为具象的表现；无论是莎士比亚还是司各特，抑或乔治·爱略特，无不对偶尔倾听村夫们打趣闲聊情有独钟，然而在这件事上，谁也没有哈代那么热爱，那么了解。再来看威塞克斯小说[1]，我们在那里看不到突出的以个体形式出现的农夫形象，但会看到由他们所组成的，充满智慧与幽默，有着永久生命力的群体。他们对男女主角的言行品头论足，但无论如何，特拉、欧克、芬妮、巴斯喜巴都来去匆匆，而简·柯根、亨利·弗赖依、约瑟夫·波尔格拉斯却贯穿始终。他们在白日里辛苦耕作，入夜后把酒言欢。他们一直都在。他们总是出现在哈代的作品里，身上始终透着某种突出的特点，而这种特点并非个体特征，而更像是民族性格特征的集中反映。农夫是正直宏伟的神殿；乡村是美好生活的最后港湾。他们在，民

---

[1] 威塞克斯小说：哈代一组小说的总称，包括《德伯家的苔丝》和《无名的裘德》等。

族的希望就在。

欧克、特拉、巴斯喜巴、芬妮·罗萍让我们见识了哈代小说里近乎完美的男女形象。无论在哪部作品里，他都会让三四个人占据上风，让他们立于不败之地，风驰电掣地吸纳疾风骤雨之力。他们包括欧克、特拉与巴斯喜巴；游苔莎、韦狄与凡恩；亨查德、露赛塔与法佛雷；裘德、淑·布莱德赫与菲洛森。不仅如此，这几组人物所呈现的关系也大同小异。他们以个体形式出现，且性格各异，又以代表的形式存在，且大同小异。巴斯喜巴不会是别人，身为女子，她是游苔莎、露赛塔、淑的姐妹；加布利埃尔·欧克也不会是别人，作为男人，他是亨查德、凡恩、裘德的兄弟。巴斯喜巴再美丽迷人也是弱者；亨查德再固执卑劣也是强者。这就是哈代小说给人的基本感受，也是他诸多作品里的重要因素。娇弱性感的女子依附强者生活并令他变得恍惚。不过，在哈代更卓越的那些作品里，生活呈现出了更加自由的模样，而不再局限于固有模式！我们看到，马车停在花园里，巴斯喜巴端坐其中，看啊，小镜子里的人无比美丽，她忍不住莞尔一笑，然而就在此时，我们已经明白——之所以如此，因为哈代有足够的能力去证明——她将在故事落幕前遭遇巨大痛苦并把痛苦带给他人。可是，那个转瞬即逝的时刻凝集了人生所有的芳华与美好。这种画面在哈代的小说里并不鲜见。他塑造的人物，男人也好，女子也罢，都让他产生了无穷尽的吸引力。比起男性，他对女性更关心体贴，大概兴趣也更强烈。她们的美或许很空洞、她们的命运或许很不幸，但她们充满了生命力，脚步那么轻盈，笑声那么甜美，一股力量引领她们走进自然，融入那片壮美之中，或者促使她们站起身来，宛如闲云般从容，好似开满鲜花的树丛般肆意。至于男性——他们的不幸和女人不同，无关乎对其他人的依赖，而在于和命运的对抗，他们激发起了我们的同情，而那种同情本是更为严苛的。无须故弄玄虚，我们必须尊重加布利埃尔这种男人，尽管还无法大大方方地爱他。他有了稳固的地位，也有了疯狂反击的能力——起码对男性是这样的，尽管可能会因此遭到报复。他可以对未发生之事做出预判，而这种能力是天生的，而非后天习得。他拥有坚定的品质，对爱情亦是如此；他能够直面打击，做到隐忍却不畏惧。当然，我们不能说他是木头人。平日里，他寻常又亲切；走在路上，旁人也并不会多看他两眼。总而言之，我们不得不承认哈代有能力——小说家应该具备的真正的能力——说服我们：他塑造的人物既是受各自情感与性格影响的个体，又具有——凭借诗人的才华——某种与人类共性有关的象征意义。

只有思考过哈代的人物塑造，我们才会明白他与同时代其他作家最大的区别在哪里。回望哈代在一系列作品里所刻画的人物，我们忍不住问自己对他们的品质到底有何印象。我们记住了他们的热情，记住了他们深沉的爱情，尽管结局大多是可悲的。我们没有忘记，欧克对巴斯喜巴的专情；韦狄、特拉、菲茨比亚斯等人那转瞬即逝的骚动与激情；克莱姆对母亲的孝心；亨查德之于伊丽莎白·琼的眼红心焦的父爱。然而，我们回想不起他们相爱的过程，记不得他们谈论过什么，做过什么改变，如何了解彼此，然后亦步亦趋，美好地走近对方，进入下一个阶段。构成这种关系的，并非那些看似微小、实则深刻的聪慧见解，也不是某些不可名状的直觉。在此类作品中，爱情始终是人类生活不可或缺的重大事实之一。但这意味着灾难的降临，它突如其来，势如破竹，令人无话可说。恋人的交流，若非激情澎湃，便是趋近现实或透着哲思的，他们不是在察看此间的情感，而是在履行生活义务的间隙对人生及其意义进行探索。他们就算具备剖析感情的能力，也无法在风雨飘摇的生活中抽出时间来这么做。他们必须全神贯注地与命运博弈，应对那赤裸裸的打击、猜不透的算计以及日积月累的恶意。他们拿不出丝毫精力来关注人间喜剧的精妙之处。

所以此刻，我们可以肯定的是：和其他作家的作品不同，我们在哈代的作品里看不到某些能够令人大快人心的特质。他不像简·奥斯汀那么无懈可击、梅瑞狄斯那么智圆行方、萨克雷那么涉猎广泛、托尔斯泰那么聪慧过人。在诸多伟大作家的伟大作品里，我们都可以看到一种决定性因素，它让部分情境跳脱出来，让它们突破限制，实现变化。不必问它们对故事本身有何意义，也不必利用它们来影响那些外部问题。微笑、脸红、简单的对话，这些足以给我们带来持续的快感。不过，哈代的小说不存在这样的凝结与圆满。他从不让光直射人心，而是让它穿透心灵，投射到幽暗的旷野中，投射在随狂风暴雨晃动的树木上。在我们想起那个房间时，聚在火炉旁的人早已离散。无论男女，人人都在独自作战，对抗风暴；没有旁人的注视，他们反而将个性发挥到了极致。比起皮埃尔、娜塔莎、贝姬·夏泼这些人物，我们对他们知之甚少。我们无法全面地深刻地了解他们，如同他们在突然到访者、政府官员、贵妇人、军队将军面前将自己表露无遗那般。我们不清楚他们的思想有多复杂、多丰富、多躁动。就身处环境而言，他们被限定在英国乡村的某个地方。哈代鲜少脱离自耕农或贫农去单纯刻画拥有更高地位的社会阶层，那么做通常会产生令人生厌的后果。在会客厅、俱乐部、舞厅里，在有时间、有教养之人聚集的地方，在带有喜剧色彩、透露各种人性的地方，他都会感到无所适从。不过，这种情形反倒是正确的。我们虽然不了解各色人物之间的关系，却洞察了他们与时间、命运及死亡的关联。急迫且激动的我们虽然没能在城市的人群与灯火中找到他们，却在农田、暴风雨以及农耕时节里望见了他们的身影。对于某些可能需要人类去面对的令人震惊的大问题，他们的态度也已为我们所了解。在我们的脑海里，他们的形象是伟岸的、出类拔萃的。映入我们眼帘的，并非各种细节，而是被放大的严肃形象。在孩子的受洗仪式上，身着睡衣的苔丝"展现出近乎神圣的庄严"。玛蒂·索斯"如同一个为了追求更崇高、更抽象的人道主义精神，而冷漠反对性欲之人"，将鲜花放在了温特鲍恩的墓碑前。他们在说话时总带有《圣经》般的美妙与肃穆。不得不承认，他们拥有一种敢爱敢恨的力量，这种力量让男人们奋起反抗生活的压榨，让女人们极有可能与不幸狭路相逢；它操控着所有人物，并告诉我们不必去寻找隐秘的美好特质。这就是悲剧的力量。将哈代与同时代的其他作家放到一起来看，他理应是英国小说家里最了不起的悲剧作家。

不过，哈代的哲思是危险的，我们在靠近时必须多加小心。在欣赏一位想象天才的作品时，我们需要与之保持距离，这是至关重要的事。尤其是对于一位有明显倾向的作家，我们可以轻易地做到穿凿附会、生拉硬扯，说他信念感十足，并将他限定在某种一以贯之的看法里。印象派的大脑一般不擅长给事情下结论，就连哈代也得遵从这条规律。应该让那些在印象中徘徊的读者自己下结论。读者的责任就在于，把握好时机，将作者有意识的想法集中起来，用来支撑一些作者可能尚未意识到的深层思想。哈代也是这么认为的。他在许久之前就提醒过我们，小说"不是争论，而是印象"，另外，他还认为：

未经整理的印象具有本初的价值，而真正走上人生哲学之路的办法，似乎是把偶然和变化强加于我们的生活现象的各种各样的解释谦逊地记录下来。

我们这么说自然是有事实可依循的：在他最杰出的作品里，我们看到的是印象；在他最失败的小说里，我们看到的是争论。无论是《林地居民》还是《还乡》，抑或《远离尘嚣》，特别是《卡斯特桥市长》，所呈现的皆是他对生活的印象，是未经意识安排的生活的原貌。他若是下笔修改那些无意识的直白的印象，他的力量便会溃散。"苔丝，你说过，每颗星星就是一个世界，对吗？"小阿伯拉罕在驾车将蜂房送往市场的时候问。苔丝的回复是，它们犹如"我家那棵苹果树结出的果实，大多数都很完美无瑕——有一些却被虫蛀得干瘪"。"我们生活在哪里——是完美的，还是干瘪的？""干瘪的。"与其说这是苔丝的答案，不如说是那个戴着苔丝面具、满怀哀伤、若有所思之人的替代之词。那脱口而出的字眼没有温度，没有感情，好似某台机器上弹出的几根弹簧，而就在前不久，我们看到的还是一个有血有肉的人，而非机器。我们的怜悯之心因此遭受重创，而不久之后那辆车就被撞翻了，直到再次看见那个以席卷世界的讽刺方式所呈现的具体事例，我们才找回了之前的怜悯。

正因如此，我们才认为，在哈代所有作品里，《无名的裘德》是最触目惊心的一部，也是唯一被我们不失偏颇地定义为悲观主义的作品。在这部小说里，争论压制了印象，它悲惨至极，却又并非悲剧。灾难接二连三地降临，让我们觉得对于这个控诉社会的案例，人们并没有做到公平讨论，或者说在争论的时候缺少了对事实的理解。托尔斯泰对社会的控诉是强劲的，而支撑这种强劲的是力量、广度以及人类学知识，但在这里，我们看不到这些支撑。这部小说告诉我们，人类是卑微的，命运是残忍的，但并未直言神明有多不公。通过对比《无名的裘德》与《卡斯特桥市长》这两部作品，我们发现了哈代将力量放在了什么地方。裘德从始至终都在卑躬屈膝地对抗学院里的院长们，同时也在对抗种种虚伪的社会习俗。亨查德的伤痛并非与人对抗所致，他对抗的是自身以外的一种力量，一种可以与他这种大智大勇之人相抗衡的力量。他没有遇到过心怀恶意的人，即便是被他欺辱过的法佛雷、纽森以及伊丽莎白·琼也对他抱有同情之心，甚至还对他的人格力量敬佩不已。他奋起反抗命运，选择支持老市长，而最终毁掉他的却是他自己犯下的错。这是一场力量不均的战斗，而哈代想让我们站在人性这一边。这里不存在悲观主义。在这部小说里，我们始终能感受到这一主题的高尚与严肃，但它所呈现的形式却是无比具体的。最初，亨查德把妻子带到市场上卖给了水手纽森；最后，生病的亨查德在艾敦荒原上一命呜呼。这是一个气魄雄伟的故事，带着丰富的刻薄的幽默感，具有自由的多样的变化。在街头，一辆马车载着假人游街示众；阁楼上，亨查德和法佛雷在拼搏；亨查德太太去世时，柯克森太太讲了话；小酒馆里，有一帮无赖在东拉西扯，这些画面要么直接以自然为背景，要么让自然之力巧妙地支配前景，从而成为了英国小说里最夺目的作品之一。仔细想想，人类个体能得到的幸福是非常少的，但只要和亨查德一样去斗争——对抗命运的审判而非世俗的法度，来到室外，利用重组的体力而非脑力去斗争，便能收获幸福、气魄与骄傲。艾敦荒原上的死亡——破产的谷物商人病死在茅草屋里——足可以与刹拉米斯人首领埃杰克的死亡相提并论。这是真正的悲剧色彩，我们感受到了。

　　这种力量让我们明白，对小说所做例行检阅是毫无意义的。我们是不是还要坚持认为一位卓越的小说家理应是一位散文大师，能写出激情澎湃的文字？哈代肯定不属于这种顶级作家。

他利用自身的聪敏、真诚与不妥协探索着符合心意的文字，而它们通常都会透露出深入骨髓的辛辣滋味。如果找不到这样的字句，他会转而采用平淡、稚拙、传统的言辞，时而无比粗陋呆板，时而迂腐造作。除了司各特，哈代的风格便是最难剖析的，它乍看起来笨拙粗劣，却可以一击即中，达到目的。他可以让一条泥泞不堪的乡间小道所表现出的吸引力，与残根遍地的冬日荒野的吸引力如出一辙。如此这般，好似塞特郡那般，他的散文从生硬、枯燥之中提炼出一种磅礴气势，一种拉丁式的巨响，犹如他脸上疏松的胡子般均匀和扎实。除此之外，我们认为一个小说家必须关注各种可能性，并尽己所能忠于事实，不是吗？想要在英国文学作品里找到类似于哈代这种曲折离奇、激动人心的情节，恐怕只能到伊丽莎白时代的戏剧中间去寻觅了。纵然是这样，但我们在读他小说的时候就已经接纳了一切。另外，他那激烈的情节如果不是源自对恐怖的不寻常之物的好奇，或者是农民式的爱好，那么便是源自诗歌的充满野性的灵魂；这个灵魂携着莫大的讽刺与冷漠发现：对生活的解读绝不可能比生活本身更离奇，用任何一种任性的、非理性的象征来表现我们令人惊讶的生存环境，都不会显得太过分。

不过，我们在浏览威塞克斯小说的完美结构时，好像不应该对细节——某些人物与场景以及那些既朦胧又深刻的片段——给予关注。哈代带给我们的东西比这更丰富。威塞克斯小说是一系列作品的集合，而非一部作品。它们涉足了一个辽阔的天地；它们难免会有缺憾——某些作品并不成功，某些则

暴露出作家没把才华用对地方。不过毋庸置疑，我们在心悦诚
服地接纳了这些作品后，便会对它们产生整体印象，并发现它
们气势磅礴，令人称心如意。我们从生活强加给你我的束缚与
卑微感当中挣脱出来了。我们的想象力得到了提升与扩展，幽
默感随着欢笑倾泻而出；我们臣服于大地的美。与此同时，我
们来到了一个沉思的忧伤的灵魂投下的阴霾里，而这个灵魂甚
至会在最悲痛之时，让自己受到一种严正之感的折磨；在最激
愤之时，却依旧深爱着那些深陷苦难的男女。所以，哈代所呈
现的并非某个时空的生活画卷，而是世界的发展与人类的命运
的幻想——通过他强大的想象力、充满韵味的深邃的天赋以及
温和又充满生机的心灵予以实现。

论
戴·赫·劳伦斯

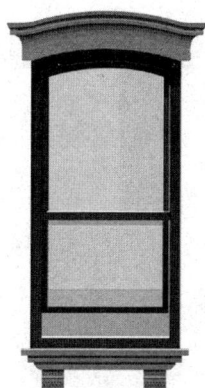

对当代文学作品进行评论难免会失之偏颇及不尽完善，而避免这些问题的最佳措施或许就是事先在能意识到的范畴内欣然承认自己无能。所以在评论戴·赫·劳伦斯之前，笔者需要声明：截至 1931 年 4 月，她只对劳伦斯有所耳闻，尚未躬身涉猎过他的作品。他被认为是一位先知、一位阐释神秘性爱的理论家、一位隐喻爱好者、一位大胆运用"太阳神经丛"等词汇并由此开创新兴术语学的创造者，这些名声虽然令他举世闻名，但听上去的确不怎么诱人；唯唯诺诺地追随他，仿佛是一件不合礼数的逾矩行为；凑巧的是，伴随着这些恶名，他出版的几部（篇）作品既无法激起人们的猎奇心，也无法驱走可怕的幻象。第一部名叫《犯罪者》，好像是一篇亢奋、浓郁、紧张过度的小说；第二部叫《普鲁士军官》，有力的开篇，刻意的骚扰，除此以外，再无其他印象深刻之处；接着是《迷途的姑娘》，过于庞大，充斥着水手的气味和贝内特式的细枝末节；然后是一两部速写风格的意大利游记，优美但细碎，而且断断续续；再往下是《荨麻》和《紫罗兰》两部小诗集，好似少年们在栅栏上随便写的令女仆们跳脚嗤笑的言辞。

在这个过程中，劳伦斯圣殿里那些对他赞不绝口的追随者们变得更疯狂了；他们奉上的香烛越烧越旺，他们的崇拜越来越神秘，越来越让人难以理解。去年，劳伦斯离开了这个世界，给他的追随者留下了更大的自由与动力，同时也刺激了上流人士，而那种刺激恰是他忠实的追随者与受惊的反对者共同制造的。在追随者的隆重悼念与反对者的飞短流长之中，人们最后对《儿子与情人》产生了阅读的兴趣，只为瞧瞧那位大师的徒弟们到底有没有污蔑他，毕竟这样的事情时常发生。

这也是我研究劳伦斯的角度。你们会看到，从这个角度出发，很多观点被排斥，还有很多观点被曲解。但是从这个角度来看《儿子与情人》，却会觉得它鲜活得惊人，犹如一座小岛在迷雾散去后原形尽现。它就在那里，明晰、果敢、准确、纯熟、坚定；一名男子刻画了它的大小与形态，可以肯定，他是诺丁汉人，来自一个矿工家庭，且不提别的身份——可能是先知，也可能是无赖。不过，无论是明晰与坚定，还是令人赞叹的犀利与简洁，在一个要求小说家高效创作的时代里，算不上难能可贵。他的笔调既畅快又清晰，既从容又有力，既一针见血又点到为止，由此可见，他是个才智出众、目光犀利的人。不过，

在看见莫莱尔家庭生活，例如厨房、饭菜和水槽，听到他们的
对话之后，我们对他的上述印象发生了变化，我们生出了另一
种更伟大、更不寻常的兴趣。一开始，我们惊叹于他不仅再现
了生活的多彩与立体，而且生动无比——宛如画作中正在啄食
樱桃的小鸟；随后，伴随着某种说不清道不明的色彩、忧思与
意图，我们发现那个屋子竟是如此整洁。有人提前整理了，而
这种整理看起来毫不刻意，而且恰如其分，这感觉就像是我们
出于偶然推开了一扇门，随意走了进去，而与此同时，那洞若
观火的目光与孔武有力的手腕飞快地调适了整个场面，以便让
它变得更鼓舞人心，更令人感动以及在某种意义上，变得比你
我认知中的现实生活更具生命力，如同一位画家用绿色幕布做
背景，衬托出了花瓶、叶瓣和郁金香。为了强化色彩，劳伦斯
也使用了绿色幕布，那究竟是什么呢？在他开始"安置"的时
候，没有人能找到他——这是他最大的优点。文字带动情节飞
流直下，似乎他只是动了动灵活的手，它们便在一页页稿纸上
跃然而出了。没有哪句话是深思熟虑的结果，没有哪个单词是
为了加强短语效果而出现的，也没有哪个安排是为了让我们说：
"看啊，这个场景里的这段对话反映了这本书的内涵与意义。"
这部小说的神奇之处还在于，它散播着一种不安的情绪、一种
微颤的闪烁，仿佛它原本就是由无数四散的闪光物所组成，它
们自然不愿意在人们面前一动不动。当然，书中有一个情景，
有一个人物；没错，人与人是通过情感的网络而互相联系的；
但这种种并非——如普鲁斯特的小说所表现那般——只是为了

自身而存在。它们没有向外探求的机会，它们不会为了狂欢而狂欢，之于我们，似乎可以《在斯万家那边》的为人熟知的山楂树树篱旁坐下，好好看看它。不对，始终还存在某种更深层次的东西，某个更遥远的目标。那种急迫的期待，那种超越先前目标的渴求，将种种场景缩减、凝聚到了最简，让人物直接暴露在你我眼前。我们只有一秒的时间来观察，而后不得不向前疾行。然而，我们的目标到底是什么呢？

也许是走向某种情景，它和人物、故事或一般小说中那些通常的停顿、高潮和圆满结局关系甚微。在劳伦斯的小说里，我们唯一能尽力感受到的东西是"肉体的欢愉"，我们可以在那里休息并舒展身体。例如，保罗与米丽安姆在粮仓里交欢的那一幕。身体的接触趋于白热化，火花四射，意义深远，无异于别的小说里那些激情澎湃的情感片段。在作者看来，这个场景的意义是带有先验性的，并且不存在于情节、对话、爱情及死亡当中，而是存在于少年的身体在粮仓里颤动的时刻。

然而，大概是因为这种状态无法达到让人永远满意的效果，也可能是因为作者本人终究还是欠缺体现事物完整性的力量，所以《儿子与情人》这部作品的表现是不稳定的。它的世界一直在聚散之间摇摆。那尝试着将诺丁汉世界——它充满生机与美好——的不同组成部分凝聚起来的磁石，其实是那燥热的身体，是那身体上闪现的火花，是那火花点燃的夺目光芒。所以，每一个展露出来的事物都拥有属于自己的那一瞬间。所有事物都不会甘心静止，任人围观。在无法满足的渴求，更高层次的审美以及欲望与机会的吸引下，它们四散开来。所以这是一部刺激、亢奋、令人感动、让人改变的小说，充斥着被抑制的激动、焦灼与渴望，好似男主角身体那般。那个世界——证明作家拥有杰出的力量——反而因为少年的磁石而变得支离破碎、摇摇欲坠；他无法将离散的部分凝聚为令他满意的整体。

我们可以简单地解释这种情况，至少是情况的一部分。与作者无异，保罗·莫莱尔也出生于矿工家庭。他对这种环境很失望。在售出一幅图后，他做的第一件事是购买晚礼服。他和普鲁斯特不同，他所在的阶层不是生活安稳、志得意满的社会群体。他想从这样的阶层中走出去，去往另一个阶层。他笃定自己不曾拥有的，在中产阶级里都可以找到。因为过于诚实，他无法接受母亲的想法。母亲说，普通人胜过中产者，因为普通人的生命力更顽强；劳伦斯认为，中产者心怀理想，准确地说怀有某种他渴望的什么东西。正因如此，他感到焦虑。这一点不可忽视。实际上，他与保罗别无二致，他的父亲亦是矿工，他也讨厌这样的环境，而这让他对创作这件事持有不同于某些人的态度，那些人地位稳固，对自身所处的环境并无不满，毕竟拥有得天独厚的条件，所以他们可以对环境压力熟视无睹。

家庭出身给了劳伦斯强大的动力，让他找到了特别的视角，而通过这个视角，他也赋予了它更为突出的特质。他从不让自己陷入回忆，从不让事件成为人类心理学上的特例，他喜欢创作也并非因为热爱文学。任何事物都具有作用与意义，但一开始并无目的。通过对比劳伦斯与普鲁斯特，我们看到，劳伦斯

不迎合他人，不遵从传统，他不在乎过去也不重视现在，除非
涉及未来。离经叛道，对这样一位作家的影响是巨大的。思想
猛地冲入他的脑海，激发出字字句句，如同一枚石子落入水中，
旋即水花四溅，飞散出圆润、坚实、利落的水珠。你会看到，
没有哪个词汇是为了所谓美感，或者为了影响句子结构而被精
挑细选出来的。

论
爱·摩·福斯特
的小说

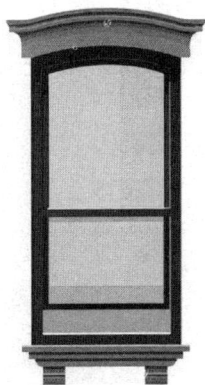

人们不愿对当代作家的作品进行评论的原因有很多。除了显而易见的担忧——担心对他人造成伤害——之外，要公正地进行判断也有困难。随着当代作品接连不断地被出版发行，一幅图画的各个部分正次第显露。人们在热情赞美的同时，内心的好奇也变得越发强烈了。新的场景是不是为之前的情节做了什么补充？它是不是证实了我们对作者才华的判断？我们是不是必须推翻之前的推断？诸如此类的问题让评论原本平滑的表面生出了褶皱，令它被疑惑与争论困扰。这一点对于一部分小说家，例如福斯特先生来说无可避免，毕竟他是一位时常引起大家意见分歧的小说家。他天赋异禀，而在那天赋的属性里，还存在着某种让人难以理解的东西。切记，顶多一两年，福斯特先生本人便会推翻我们今日的观点。所以，不妨让我们以创作时间为序来谈谈他的小说，小心地尝试一下，看能不能从它们那里找到答案！

从创作顺序来看，福斯特先生的小说可谓意义重大。原因在于，我们一来就看出，他极其容易被时间这个因素所影响。在他笔下，大多数人物都会被安置于各种随时代改变而不断变化的条件中。他对自行车与汽车、公学与大学、郊野与城市等事物所出现的时间十分敏感。历史学家和社会学家们可以在这些作品里看到丰富的有意义的资料并备受启发。1905 年，莉丽娅掌握了骑自行车的技能；一个礼拜日的傍晚，她骑车来到海格街，在教堂旁边的街角处摔了个跤；为此，她受到了姐夫的责骂，而她一辈子都会记得这件事。在沙镇，女佣们每个礼拜二都得清扫客厅；这些年迈的单身女性总是先往手套里吹气，再把手套脱下来。福斯特先生是创作小说的能手，换句话说，在他笔下，人物与环境是息息相关的。所以，1905 年的基调与特质之于他的影响，比日历上的任何一个年份对于浪漫的梅瑞狄斯和诗意的哈代的影响更要大得多。不过，我们通过阅读发现，观察并不是你我的目的；或许可以说，它如同牛虻与刺棒一般鞭策着福斯特先生，要求他从庸俗的可怜的环境中觅得一处安全的避风港。于是，我们找到了某种平衡，而那种平衡的出现有赖于一股支撑小说结构的关键力量。沙镇的原型是意大利：羞涩的、热情的，矜持的、自由的，虚幻的、真实的，而这些正是他在多数小说里所塑造的恶魔与英雄。来看看小说《天使不敢涉足的地方》，对于传统的弊端与自然的弥补之间的差异，他表现出了过于真切的坦诚与过于简单的信心，同时又是鲜明且充满魅力的！说实话，这并不是过火的事：在他这部单薄的处女作里，我们若是只看到了种种必然存在之力的痕迹，就一定会斗胆给出更丰富的"视频清单"，以便让它变得成熟、多彩及美妙。二十二年的时光足以让讽刺的矛头消失，让整体的比例改变。可是，假如这件事在某种意义上毫无过错，那么岁月就不可能有力地清除它：尽管福斯特先生敏锐地捕捉到了自行车与吸尘器的存在，但他同时也是永远追随灵魂的人。不仅有自行车与吸尘器，沙镇与意大利，菲利浦、哈里特与艾博特小姐，在他看来，炽热的内核一直存在——并将他打造为一位慈悲为怀的讽刺家。那内核是灵魂，是真实，是现实，是爱情，是诗意；它呈现出各种各样的形态，并想方设法地隐藏自己。他必须留住它，必须控制它。他走到钉耙、牛棚、客厅地毯、红木碗柜背后寻找它。是的，这样的画面有时候很好笑，也很容易让人倦怠，但在那一刹那——他的处女作里就有几处，他捕获了战利品。

思考一下这种情况发生的条件以及发生的过程，我们会发现，好像那些最不具教育色彩的、最不刻意制造美感的片段反而最奏效地实现了这个目标。在他允许自己休息一天时——我们忍不住这样说；在他对当下景象视若无睹，愉快地与事实玩乐时；在他安顿好那群文化大使，让他们待在旅社里自觉地、尽情地描绘牙科医生之吉诺在咖啡馆里与三五好友聚会，或是——这是一部优秀的喜剧——表演歌剧《拉美莫尔的露琪亚》

时，他达到了目的，而我们在这样的时刻感受到了。所以，就这部作品所呈上的依据——幻想、洞察力、无与伦比的构思——而言，我们理应认为：福斯特先生一旦收获自由，走出沙镇，便会拥有一席之地，与简·奥斯汀、皮科克以及他们的继承者们平起平坐。可是，《最长的旅程》却制造了一种困惑，那是他的第二部小说。类似的矛盾仍旧存在：现实与虚幻，沙镇与剑桥，世故与诚挚，但都被强化了。在这部作品里，构建沙镇的砖块更加厚重，而摧毁它的力量也更加凶猛。诗情画意与现实主义之间的对照更加突出。于是，我们更加清楚他的天赋对他的要求。我们惊觉，那些稍纵即逝的情绪竟蕴藏着刻骨铭心的信念。他坚定地认为，小说要反映人与人之间的矛盾冲突。他发现了美——他的敏锐，无出其右，可是，美被囚禁在砖泥所筑的堡垒里，他得想办法去营救。在行动成功之前，他不得不继续搭建那个囚笼所在的社会——它涉及方方面面，充满了平凡、复杂与琐碎。公共汽车也好，别墅也罢，抑或郊外住所，都是他精心设计的至关重要的基本元素。他指引它们去阻挡和束缚身后那团被冷漠困住的疯狂火焰。不仅如此，《最长的旅程》中还存在一种鄙视自身严肃态度的充满想象力的自嘲。他敏捷地捕捉到喜剧的多彩与阴翳；他以幽默的笔触速写教区里的午餐、下午茶、网球赛，而这些能力几乎无人能及。他塑造的牧师与年迈的单身女性等人物，是继简·奥斯汀之后，我们所看到的最生动的。不仅如此，他还拥有简·奥斯汀缺少的东西——诗人的激情。那干净整洁的外表常常被从天而降的抒情诗所破坏。在这部小说里，他对乡村景致的优美描写一次次打动了我们；那些可爱的画面——例如，理基与斯蒂芬护送燃烧的纸船穿过了拱桥桥洞——被刻画得历历在目。在此，我们想让那些格格不入的天赋——讽刺与怜悯，幻想与现实，诗意与本能的道德感——互相融合，和平共处。我们常常察觉到潮流的互斥与对抗，并因此免于被这部小说用著作的权威力量来冲击和压制。不过，对于小说家而言，最为重要的天赋莫过于综合能力——也就是建构单一情境的能力。那些伟大作品的成功秘诀并不是完美无缺——事实上，我们包容了全部重大失误，而是精通透视法的大脑所带来的令人信服的强大力量。

二

跟随时光的步伐，我们找到了蛛丝马迹，得知福斯特先生加入了，或者是联合了两大阵营——大部分作家都参加，但各有所属——中的一个。简单地说，这两个阵营分别是：

以托尔斯泰与狄更斯为代表，以传教士与教师为主要成员的一派；以简·奥斯汀与屠格涅夫为代表，以纯艺术家为主体的一派。福斯特先生怀着异常激动的心情，期望同时加入两个阵营。他身上可以看到纯艺术家（就传统的分类而言）的很多本能与倾向——高雅的散文气质，伶俐的喜剧风格，以及迅速勾勒同一环境与氛围下的人物的能力；同时，他又深刻地领悟到了某种讯息。聪敏与感觉的霓虹背后藏着另一种景象，他决定无论如何也要让它浮现在我们眼前。然而，那个景象是不同寻常的，那种讯息是令人迷惑的。它对种种制度心不在焉。他不像威尔斯先生那样对社会的方方面面都感到好奇。他从不关注离婚法案以及与贫穷有关的条令。他在意的是个人生活；他只向灵魂传送消息。"个人生活是一面折射出无边光景的镜子；人与人之间的交往蕴含着你我在生活中无法得见的人格。"小说事业不是建立在砖泥之上，而是建立在有形之物与无形之物的联系上。我们一定要建起"霓虹之桥，以便将我们身体里平实的散文气质与热情的诗意风格关联到一起。若非如此，我们就只能是可有可无的碎片，一半野兽，一半僧尼"。个人生活是不可忽视的，灵魂是永恒不灭的；在他的小说里，这种信念贯穿始终。它就是那些矛盾冲突，是《天使不敢涉足的地方》里的意大利与沙镇，是《最长的旅程》里的安格纳斯与理基，是《看得见风景的房间》里的西塞尔与路西。匆忙的时光深化了种种矛盾冲突，让它变得愈加醒目。它令福斯特先生不得不从相对明快与自由的短篇小说里走出来，乘坐离奇的《天国的公共马车》来到他的黄金时代，写下了《霍华德别业》与《印度之行》这两部伟大作品。

不过，在领略这两部著作之前，我们需要先观察一下那个他一直想要解决的问题及其本质。最关键的是灵魂；而如我们所见，它被困在了伦敦郊外的一座红砖别墅里。因而情况大抵如此：他如果想让作品顺利地完成使命，就必须让小说里的现实世界拥有闪光之处；他必须使用耀眼的砖块来搭建，以便让整栋建筑熠熠生辉，从而为人所见；必须让那个郊区具有令人信服的完整性与现实性，以此让灵魂也具有相同说服力。他可以让现实主义与神秘主义交织在一起，在这方面，他和易卜生高度相似。易卜生也具有这样的现实主义力量。在他笔下，房间只会是房间，桌子只会是桌子，废纸篓只会是废纸篓。同一时刻，现实随身携带的工具忽然化为一张幕布，为我们呈现出无边无际的境界。易卜生在努力实现这个目标的时候——他已经实现了，并不只是在紧要关头以惊人的手法变着魔术。从一开始，他就在引领我们培养适当的情绪，还带来了与其目标相吻合的适当的素材，这就是他实现目标的方法。如同福斯特先生，易卜生描绘的也是普通生活的面貌，不过他是通过少量的恰当的事实来达成目的的。所以，在那启迪人性的时刻降临时，我们毫无争议地无条件地迎接了它。我们不激动也不疑惑；我们用不着问自己：那意味着什么？我们只是观察到：眼前的事物豁然明朗，它的内在一览无余。它从不曾改变，它就是它原本的模样。

福斯特先生面前的问题与之类似：怎么才能将客观事实与其存在的意义相关联，并让读者的思想飞越二者之间的天堑，同时保证思想的信念完好如初。在赫伯特郡，在萨里郡，在阿诺河上，都曾迸发出瞬间的美，真理的星星之火从地下冒出来；应该可以看到，那座位于伦敦郊外的红砖别墅光芒四射。不过，对于这部现实主义小说而言，正是这些用来证明其精妙程度的伟大景象，最多地透露了创造者的失败。因为正是在这些地方，福斯特先生脱离了现实主义，靠近了象征主义；在这些地方，向来坚实无比的客体忽然变得——或许应该说可能会忽然变得——明亮。大众会不自觉地认为，他失败的原因是他过度使用了那天生的超乎常人的洞察力。他在字里行间存放了太多信息。他在这一页放了一幅如相片般精确的画，又在后一页让我们目睹那幅画在经久不息的火光中闪耀和变形。在《霍华德别业》这部小说里，伦纳德·巴斯特被倒下的书橱压住，而压在他身上的或许应该说是褪色的古老文化的全部重量；在我们看来，马拉巴山洞并非真实存在，而是象征着印度的灵魂。奎斯特尔德小姐在野餐时忽然从英国女人变成了高傲的欧洲人 [1]，她到东方的核心地带旅行并迷了路。我们的语气是缓慢平和的，毕竟我们并不确定这些推断是不是正确。我们无法获取到

---

[1] 英国1973年加入欧盟。爱·摩·福斯特1970年便去世了，此时英国和欧洲是分开的。

在《野鸭》《建筑师》等小说中所能感知到的确定性与直接性，我们既不解又不安。我们想问：那到底有何意义？应该作何解释？这种犹疑会造成严重后果。因为我们对现实与象征都产生了怀疑——摩尔夫人，一位年迈的善良的夫人；摩尔夫人，一个女巫。两种格格不入的现实同时出现，怀疑的目光在二者之间徘徊。所以，在福斯特先生的作品里，核心地带通常都若隐若现。我们发现，就在千钧一发之际，我们遭遇了背叛；我们看不见整体——就像《建筑师》所呈现的那般，只能看见两个互不相干的部分。

《天国的公共马车》是一部短篇小说集，被收录其中的作品可能意味着福斯特先生想要让那个由来已久的难题——将生活中的散文气质与诗情画意结合在一起——变得简单些。在这部作品里，他小心翼翼又清清楚楚地认同了魔法存在的可能性。公共马车飞上了天；大神潘的笛声传进了灌木丛；女孩们变幻为树木。每一篇都令人迷恋。长篇小说里被压制的幻想在短篇小说里被释放。不过，那种幻想还没有热烈或深刻到凭一己之力与其他构成作者天赋的冲动对抗。在我们看来，福斯特先生好似一个在天国里心烦意乱、东游西逛的翘课的小学生。篱笆背后总能听见汽车喇叭声以及行人疲惫且缓慢的踱步声，然而不久之后，他必须离开了。毫无疑问，在这本单薄的小书里，我们可以看到他准许自己拥有的全部单纯的幻想。我们路过了幻想的国度，在那里，少年们拥抱过大神潘，女孩们化身为树木，走向了那两位施勒格尔小姐，她们生活在威克汉宫里，各自坐拥六百英镑。

三

对于这个转变，我们尽管深感遗憾，却必须承认它是正确的决定。究其缘由，在《霍华德别业》与《印度之行》问世之前，福斯特先生尚未创作出一部能让其种种能力充分发挥的作品。他拥有各种不同寻常的且在某个意义上互斥的天赋，因而他必须找到合适的主题；那种主题能激发他那极其敏锐的感知和无比活跃的思维，却不会导致极端的热情与离奇；能带来批驳的素材并指引他去探究；需要用到大量精准且细致的观察，并可以征服最诚挚、最慈悲的心灵。不过，虽然具有上述种种品质，但它在搭建完成时却会被赋予某种象征意义，并以一阵阵猛然投射的落日之光与漫无边际的暗夜为背景来到你我眼前。在《霍华德别业》这部小说里，英国社会的整体结构便是由上、中、下三个阶层以上述形式构成的。这是文学史上一次规模庞大的尝试，倘若无法成功，主要原因便是规模庞大。没错，我们在回望这部精意覃思、巧夺天工的小说——它不仅拥有娴熟且高超的技巧，还拥有洞察力、智慧和美感——时大惊失色：人们之前到底是带着什么样的心情给它贴上了失败的标签。依照所有标准，同时基于我们从头至尾的浓烈的阅读兴趣，毫无疑问，它很成功。大众对它褒扬或许向我们透露了它的"失败"原因。精意覃思、巧夺天工、洞察力、智慧、美感——这些优点虽面面俱到，却各自为战，互不相干；它们之间缺少一种聚合力；所以整体来看，它不具备足够的力量。不管是施勒格尔一家，还是威尔科克斯一家，抑或巴斯特一家，都具有各自所在阶层及环境所要求的一应品质，并且活灵活现；然而，它的整体效果并不太令人满意，甚至不如被人忽视但其乐融融的《天使不敢涉足的地方》。在福斯特先生的天赋里有某种有悖常理的特质，所以其诸多不同方面的才能才会难以调和。他如果不那么严谨，不那么公正，不去敏锐捕捉各种事情的各个方面，那么就很可能在某个精确的点位上爆发出更强大的力量。如今的创作形式，消耗和分散了他的力量。他犹如一个睡眠质量不好的人，常常被屋里的动静惊扰。讽刺家推开了诗人；道德家在戏剧人肩头拍了拍；美给他带来了单纯的快乐，对事物本质的探索令他兴致勃勃，但他从不让自己长时间地失控或放肆。正因如此，他小说里那些原本唯美无比的抒情篇章，一被放到上下文里就无法展示出本该具备的效果。它们不是那种在事物本质所激发的浓厚兴味与浓烈美感中被刻意制造出来的多彩文思——类似于普鲁斯特的文字，在我们看来，它们的出现离不开某种激愤之情：一颗心被丑陋激怒，想用美来弥补，并做出了努力；因为源自对抗，所以这种美自然是狂热的。

不过，我们认为，《霍华德别业》包含了一部卓越作品应该具备的全部优点。人物没有半点虚假之处；事件的发展顺序安排得很妥当。那个难以界定但至关重要的因素——氛围，散发着夺目的智慧之光。在这里，看不到任何刻意和虚假的成分。在更具规模的战场上，斗争——这种斗争存在于福斯特先生的每一部作品，是重要与不重要、真实与虚幻、真理与谎言的对垒——持续进行。情况一如之前：精妙的喜剧，严谨的观察。想象所带来的趣味性令人陶醉，然而，一阵微颤猛地将我们惊醒。我们被人轻拍了一下肩膀，听到他说：注意看这里，注意看那里。他让我们明白了，玛格蕾特也好，海伦也罢，都不仅仅是在以"自己"的身份讲话；她们的言辞具有更深远的目的。我们在努力思考、探寻深意的时候，逐渐走出了想象的迷离之境（在那里，我们凭感觉随心所欲地走来走去），迈进了充满希望的理论世界（在这里，我们需要让理智恪尽职守）。幻境通常都消失在福斯特先生最激动的时候，也是故事最关键的瞬间，譬如宝剑掉落在地、书柜突然倾倒的一刹那。如我们所见，那些匆忙掠过的时光为"宏伟场景"与关键人物注入了一份非同寻常的不坚实感。不过，福斯特先生从不会让这样的时刻出现在喜剧场景里。如此一来，我们竟生出了愚昧的想法，奢望

能用各种方式来控制福斯特先生的种种天赋，并给他划定创作
范围，只让他创作喜剧。原因在于，一走进喜剧，他旋即便能
卸下对人物的责任感，忘记那个不得不解决的"宇宙问题"，
摇身一变成为最能替人解忧的小说家。在《霍华德别业》里，
精妙绝伦的门特夫人与让人羡慕的铁比不仅为我们制造了有趣
的插曲，还为我们带来了新鲜的气息。他们秉持着蛊惑人心的
信念，促使我们相信，他们能够摆脱创造者的限制，随心所欲
地漫游，无论去往多远的地方。而玛格蕾特、海伦、伦纳德·巴
斯特则被困在原地，被小心翼翼地监视，无法掌控命运，从而
也无法推翻作者的想法。门特夫人与铁比却可以自由自在地游
荡、说话和行动。所以，在福斯特先生的作品里，那些次要的
人物与场景通常都比倾力塑造的主要人物与场景更加鲜活。不
过，在告别这部规模庞大、庄严肃穆、充满趣味的小说之前，
我们必须公正地说，它虽然不尽如人意却重要至极，因为它为
下一部令人揪心的大规模作品做好了铺垫，若非如此，我们便
有失公允。

四

　　《印度之行》来到我们面前的时候，时间已经过去了很久。一些人认为，在这段时间里，福斯特先生的技巧应该得到了提升，变得更能顺从他充满想象力的心灵，可以无拘无束地挥洒他的满腔诗意与幻想；然而，事与愿违。作者所表现出的态度一如之前那般平稳：他的目的地依旧是生活，这感觉就像是他从一幢建筑的前门走进去，来到客厅，将帽子放在桌上，然后循规蹈矩地参观各个房间。这座建筑仍旧是英国中产阶级的府邸，只不过在离开《霍华德别业》后产生了变化。截至目前，福斯特先生依然坚持将个人意志放进作品，任其渗透和蔓延，如同一位无微不至的女主人急切地向宾客们做着讲解，提醒他们注意这里有一级台阶、那里会有穿堂风经过。然而，在《印度之行》这部作品里，对于这栋建筑和那些客人，他好像减少了幻想，淡化了关爱。他似乎允许我们在那块奇异的大陆上独自漫游，同时让我们"偶然地"发现众多事物，尤其是与印度有关的事物，让我们觉得身临其境；我们的眼睛应接不暇，时而看看在画中纷飞的麻雀，时而瞧瞧额头上画着花纹的大象，时而遥望气势磅礴、错落有致的群山。那里的人们，尤其是印度人，也被赋予了偶然的境遇与必然的品质。他们的重要性可能比不上那块大陆，但他们却是灵敏生动的。我们不必担心——英国常给人以这样的感觉——他们被限制了出行，无法走远，无法逾越，无法抵抗作者的某些想法。作为自由的代言人，阿齐兹是福斯特先生创作生涯中最具想象力的一个人物，他身上有牙医吉诺——来自福斯特先生处女作《天使不敢涉足的地方》——的影子。我们无疑可以就此推断，横亘在他与沙镇之间的那片海让福斯特先生受益匪浅。值得欣慰的是，他得以暂时摆脱剑桥的影响。尽管他还是需要模拟出一个能经受精妙批评的世界，但那个世界的规模却更加庞大了。他将英国社会及其庸俗、渺小以及其间脆弱的英雄主义，放到了一个更庞大、更恶劣的环境中。象征主义在关键场合依旧若隐若现，但在某些时刻却可以被窥见部分；事实积累是丰富的，因而想象力也是丰富的，但此前作品里那种令人不解的双重景象如今却在渐渐变得单一。二者之间的磨合远胜之前。福斯特先生成功地创造了这份伟业：他用精神之光照亮了那个由观察力所构建的无懈可击、坚不可摧的躯体，给了它旺盛的生命力。这部作品透出了一丝疲惫，没有太多幻想的痕迹，但依旧可以看到明晰、恢宏、唯美的篇章，更重要的是，它让我们不禁想问：接下来，福斯特先生又会给我们带来什么样的作品呢？

论

约瑟夫·康拉德

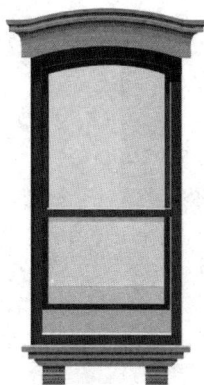

忽然之间，我们尊贵的客人离我们远去，而我们还没做好思想准备，没有想好告别的话语，这就好像，他多年之前悄无声息地来到英国，现在又悄无声息地离开世间。究其缘由，他似乎永远都处在一种神秘感当中。这种神秘感源自他的波兰血统，源自他令人印象深刻的面庞，也源自他不同寻常的选择：他选择生活在荒远偏僻的地方，选择远离传言与邀约。所以，知道他消息的只有那些习惯于不请自来、一拉门铃就能见到他的质朴的村民，而据他们所说，那位他们不甚熟悉的主人待客周到、目光如炬，操着一口带有浓重外国口音的英语。

　　不可否认，死亡常常可以让人们的记忆加速凝集，可是，康拉德的天赋中自带某种固有的、必然的、不可向迩的因素。这些年，他声名鹊起，无可辩驳地成为英国的首席作家；但他

俨然不是大众化的作家。对于他的作品，有人满怀热诚，欢喜
雀跃地享受，也有人觉得缺乏感情，单调乏味。他拥有众多年
龄悬殊、爱好迥异的读者。十四岁的读者们向马立特、司各特、
亨梯和狄更斯投去匆匆一瞥，然后在他和别的一些作家跟前稍
作停留；有经验的读者们精挑细选，来到了文学的心脏地带，
在那些宝贵的面包片里翻找，谨慎地将他选进了盛宴。当然，
人们随时随地都在关注不协调、不恰当的地方，而在他所营造
的美感中，我们可以找到不协调的根源。阅读康拉德的作品，
让我们联想到海伦照镜子的情景，她望着镜子里的美丽身影，
忽然发现：无论在何种情况下，不管她怎么做，她都无法变成
普通女子。这便是康拉德的天赋之一，他要求自己训练有素；
同时，独特的语言表达形式也令他大为受益，它吸引人的地方
是其拉丁风格，而非撒克逊风格，所以在他的小说里看不到任
何拙劣或无意义之处。他的爱人——创作风格——在静态中偶
尔会让人觉得无聊，不过，只要与她聊上几句，她就会朝我们
款款走来，携着丰富多彩的生命力以及成功者的欢愉与威仪！
不过，有一点值得讨论：在那些勉强创作出来的作品里，他如
果能做到不过分关注外在，或许就可以在收获名誉的同时，也
受到人们的欢迎。在评论家们的口中，那些为人熟知的段落分
散和阻碍艺术效果；可是，人们已经习惯了将它们从小说里单
独摘取下来，与被摘下的其他花朵一起，放到英国散文之花的
展览之中。他们埋怨说：康拉德是自我的、木讷的、不自然的，
他觉得，比起人类痛苦的呼声，自己的声音才是真切的。对于

这样的批评，我们一点也不陌生，而且无力反驳，因为它就像一群聋人对交响乐队所演奏的《费加罗的婚礼》给予的评价。他们能看到乐队，能听见遥远的、隐约的、悲凄的演奏；他们在评论被打断之后自然地总结说：那五十位提琴演奏者不应该在这里糟蹋莫扎特，而应该去敲石筑路，那样才能更成功地接近人生目标。我们接受美的指引，认同她教导者的地位；既然她的教诲是用声音传递的，那么，我们又怎么能相信那些听不见她声音的人呢？康拉德的作品值得一读，切忌浅尝辄止，要批量地看。尽管他看起来只是想让我们领略海上的美丽夜色，但实际上，我们在那无比木讷的、低沉的曲调中听出了深意、高傲、辽阔且坚固的完整性，我们感受到善优于恶，而善总是体现在勇敢、忠诚、正直中；凡此种种，若是你没有体会到，便说明你肯定没有领悟到这些作品的意义。当然，在作品的各种成分中提炼信息并不是一件简单的事。它们被放入碗碟里过滤、晾干，远离了充满神秘感并具有魔力的语言环境，从而失去了刺激与兴奋所激起的力量，那是一种持久的散文式的无比激烈的力量。

康拉德凭借自身的激情与船长般的领袖气质赢得了青少年们的欢迎。截止到小说《诺斯特罗莫》出版，小年轻们敏感地发现，这位作者笔下的人物无不是质朴且勇敢的，不管他们的想法有多复杂，无论创作的手法有多不顺畅。他们是生活在孤独之中的水手，一边与大自然做着斗争，一边与他人和平共处。大自然对他们带有敌意，同时也激发了他们身上光荣、豪迈、忠诚等男性特质，并在不为人知的海湾里，将神秘、严肃、端庄、美丽的女孩变成妇人。不可否认，是大自然塑造了以惠莱船长、老辛格顿为代表的那种粗暴、固执、沧桑的人物，他们似有若无，却又在似有若无中闪光，在康拉德看来，他们是民族的佼佼者，他会永远赞美他们：

他们曾经坚如磐石、孔武有力，仿佛不知怀疑与希望为何物。他们曾经不安又隐忍，暴躁又真诚，专横又赤诚。善良的人们一度想将他们刻画为：为了一口吃的而哭号，为了维持生活而疲于奔命。事实上，他们只懂得贫穷、艰辛、暴力与放纵——却不懂何为畏惧，而且从不记仇。他们不愿受制于人，却乐于被人鼓舞；他们沉默不语，在他们的心中藐视那些为他们的艰苦命运而恸哭的多愁善感的声音。那是一种特意为他们安排的特殊命运；他们认为，这种安排是独属于出类拔萃之人的权力！他们这一代人都沉默地挑着生活的重担，不曾被家庭保护，不知晓爱情的甜美——死亡来临时也不畏惧狭小墓穴的要挟。他们是神秘海洋永远的孩子。

这些人物来自康拉德的早期作品《吉姆爷》《台风》《水仙号上的黑水手》与《青春》；无论在哪个时代，这些作品都堪称经典，占据着不可撼动的地位。它们之所以能达到如此高度有赖于一种品质，而正如马立特、库柏所说，那种品质是那些潦草的冒险故事里看不到的。显而易见：想要浪漫地、专注地、爱慕地欣赏及赞扬这类人物及其故事，就必须用双重目光来观察，必须左顾右盼，瞻前顾后。想赞扬他们的默默无闻，你得有个好嗓子；想赞扬他们的坚韧不拔，你得对劳累有所体验。你得能接受惠莱和辛格顿所接受的生活条件，并在他们的质疑下，收起一切帮助你理解他们的品质。除了康拉德，没有人能承受这样的双重生活。因为他身体里住着两个人：除了那位航海指挥官之外，还有一位被他叫作"马罗"的心思细腻、温文尔雅、精益求精的分析者。在他眼中，马罗是"最周到、最善解人意、最具男子汉气概的人"。

马罗堪称观察天才，这类人最喜欢退休生活。马罗最爱做的事情是：走到甲板上坐下，在泰晤士河幽暗的港湾里点上一支烟，静静回望过去；伴随着一个个烟圈儿，一句句悦耳的话语脱口而出，直到这个夏夜被烟味占领，变得烟雾缭绕。不仅如此，对于那些一同出过海的伙伴，除了敬重之外，他还发现了他们身上的幽默之处。他能够敏锐地看到并生动地重现人物，例如那帮抢劫了愚钝老水手的家伙。对于人类的缺点，他看得一清二楚；他的文字幽默又不失讽刺。当然，他不会只关注雪茄烟圈儿背后的生活。他会习惯性地忽然睁眼，凝视——某堆垃圾、某个港口、某个商店的某个角落，而后在尚未熄灭的烟火中，完整地描绘出某个神秘背景里的发光物。他意识到一种特殊的力量：它兼具内省的和分析的两种性格。他认定那力量会在什么时候从天而降，就好像一位法国高级船员会不经意地说出："哦，我的上帝，时间过得可真够快的！"

他表示：没有比这更寻常的话语了（他如是评论）；不过于我而言，它契合了某种来自视觉的印象。令人震惊的是，我们竟能在双眼微闭、双耳失聪、思想沉睡的情况下度过一生。……就算是这样，你我都应该经历过那种难得的顿悟的瞬间：我们目睹、听闻、了然，诸多事物——所有事物——在我们又一次陶醉于迷离状态之前从眼前划过。他在说话，我抬头望去；我看着他，如同不曾见过。

如此这般，他在幽暗的背景上描绘出一幅幅图景。首先是那些船：抛锚的船，在暴风雨来临前一路飞奔，或在港湾里静静停靠；然后是朝阳与落日；接着是暗夜；各种模样的海；东方港湾的绚烂，男人、女人，他们的住所，还有他们的千姿百态。他是个一丝不苟、绝不妥协的观察者，始终"忠诚于自身的感知与感情"，而康拉德说这种忠诚"是作家在精神最振奋的时候必须紧握在手的东西"。偶尔地，马罗会带着一丝怜悯，悄悄然又无意识地抛出几句墓志铭一般的充满诗意的话，让我们的目光穿过闪耀的光与美，触及黯淡的背景。

经过简单的区分，我们得出了结论：负责描写的是康拉德，而负责评论的是马罗。这又让我们进一步发现，我们在解释这种转变时所采用的证据远远谈不上；康拉德站了出来，在小说《台风》的最后一幕里呈现了这种转变——两位密友的分工合作所带来的"一种具有启发性的微妙变化"。"……难以说清，好似这世上再无可写之物。"不妨假设不是马罗，而是康拉德怀着某种哀伤的满足感在回忆故事，最后讲了上述这句话，他或许意识到自己再也无法复制《水仙号上的黑水手》中那无与伦比的暴风雨场面以及《青春》与《吉姆爷》里对英国水手卓越品格的由衷赞叹。这时，负责评论的马罗告诉他，依照自然规律，人必然会老去，选择到甲板上坐着，点一支烟以及停止航海。不过他还说，辛酸的日子早已铭刻在记忆里，他甚至低调地表示，惠莱船长及其与自然的关系已无甚可写，尽管如此，陆地上却还有男女无数，他们的关系更为亲密，很值得关注和观察。让我们再做个假设，船上有一本亨利·詹姆斯的书，马罗把它借给朋友作为床头读物，这个假设的依据来自如下事实：康拉德在1905年专门为大师马罗写了一篇优秀的评论文章。

所以，这么多年来，马罗一直以来处于主导地位。在"马—康联合时期"，《诺斯特罗莫》《机缘》和《金箭》是他们的代表之作。有观点认为，这是他们最饱满最充盈的创作时期。他们则回答：人心的复杂远超过森林；在心灵世界里，有风驰电掣，也有夜行动物；身为小说家，若是想要通过人际关系来考察人心，那最适合的对手并非大自然，而是人本身；对他来说，巨大的挑战是身处社会，而非与孤独为伴。在他们看来，那些小说始终具备某种与众不同的魅力，那炯炯有神的目光不只落在了海面上，还落在了迷茫的心田里。然而不得不承认，马罗对康拉德的告诫——换个角度去观察——是一个忠勇的建议。毕竟小说家的视角不仅复杂而且特别：说它复杂，是由于他需要在人物的背后和外部建立起一些稳定的事物，然后让它们与人物产生联系；说它特殊，原因在于他是拥有某种直觉的孤独的个体，他信任的生活范畴有着明确的边界。这种极其微妙的平衡也极其容易被打破。在中期作品里，康拉德再也无法让人物与背景呈现出完美的联系。他做不到像信任从前的水手一样信任后来的滑头们。在必须解释人物与书中世界——涉及判断与价值的世界——的关系，并回答价值在哪里时，他不再如从前那般自信。

因此，在暴风雨即将结束的时候，"他谨慎地掌着舵"这句话出现了许多次，俨然一种彻头彻尾的道德说教。不过，在这个更为繁杂的世界中，这类简洁的语言变得愈加像陈词滥调。爱好各异、关系复杂、千奇百怪的男男女女们定然不会接受这种简单判断；若是接受了，他们身上一众关键因素便会被忽视。不过，康拉德拥有丰富并具有浪漫主义色彩的天赋，对他而言，找到某些可以尝试的创作规律很有必要。本质上——他坚持认为——这个自我的文明的人类世界是基于"某几种极其简单的思想观念"而建立起来的；然而，在这个由人际关系与思想构建的世界里，它们到底存在于何处呢？我们不可能在客厅里找到桅杆，不可能用台风来衡量商人与政治家存在的价值。我们没能找到支柱，在康拉德的后期作品里，世界笼罩着一种难以抑制的迷雾，那是一种不确定性，它类似于某种令人疲惫和困惑的幻灭感。我们在昏暗中只能听到那曾经嘹亮高贵的曲调：忠诚、热情、光荣、牺牲——一如既往的美，却变得令人厌倦，好像跟不上时代似的。这种错误可能是马罗犯下的。他的思想向来顽固不化。他太久没有起身离开甲板了；他的呢喃的确精妙，可他不擅长与人交谈，而那些"瞬间的幻象"总是若有若无，无法照射出持久稳定的光芒，从而也无法照亮人生的波纹以及荏苒且漫长的时光。马罗大概没有想过，若是换作康拉德，他又会秉持何种信念，而这是首当其冲的根本性问题。

所以，尽管我们依旧会涉猎他的后期作品，并珍藏某些贵重的纪念物，但大多数人并不会踏上当中的条条小道。但是他早期作品——《青春》《吉姆爷》《台风》和《水仙号上的黑水手》，我们会一字不落地读完。康拉德的哪些作品会流芳百世？在所有小说家里，他应该处于何种地位？每每听到这类问题，我们脑海里都会浮现出他的早期作品，它们蕴含着一种力量，似乎在对我们诉说一些在遥远的过去真实发生过的事，而那些被隐藏至今的事物终于被挖掘出来了；一想到它们，诸如此类的对比或问题便不再重要了。完整无缺、沉静含蓄、朴实无华、美轮美奂，它们在记忆中闪烁，宛如这夏夜星辰，一颗星率先登上夜幕，不疾不徐、优雅庄重，接着，又来了一颗。

《简·爱》与《呼啸山庄》

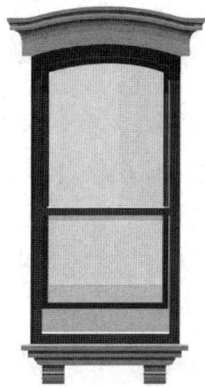

距离夏洛蒂·勃朗特诞生到现在已经有一百年了，而她也已成为当今文学界极具传奇色彩、备受人们爱戴的焦点人物。不过，在过去的一百年里，她在人间只待了三十九年。难以名状的是，如果她能活到一般人的岁数，那么与她有关的传奇故事一定会是另一种样子。她可能会如那时候其他一些名人那般，常与人在伦敦等地邂逅，成为各种逸闻与情景的主题，写出更多小说（还有回忆录）；在去世之后，人们还可以想起她中年的赫赫之名。她可能会过上丰衣足食、平安顺遂的生活。可这不是现实。她留给我们的印象，好似每一个在现代社会里命运多舛的人；我们自然地想到了那座地处偏远的教区牧师的房屋，它在荒凉的约克郡沼泽地带，它在 20 世纪 50 年代的时光里。在那座房屋中，在那蛮荒之地，孤单可怜的她始终被贫穷纠缠着，又一直与振奋的精神为伴。

她的性格因此而受到影响，这在其作品里大概能窥知一二。我们设想，一位小说家必定会使用许多很不经久耐用的材料，来建立他的小说结构，这些材料起初给它以现实感，最后却使它被没用的废料所拖累。再次拿出《简·爱》的我们不禁狐疑地想：我们将要看到，她想象出的那个世界与那座偏远的牧师房屋如出一辙，属于遥远的维多利亚中期，而非当今时代，愿意涉足那个世界的只有心怀好奇之人，愿意珍藏它的只有心怀虔诚之人。带着这样的心情，我们打开了这部小说，只阅读了两页，那些疑惑便消失不见了。

右边的世界被带褶皱的深红色窗帘挡住了；左边晶莹剔透的玻璃窗虽然为我提供了庇护，却无法让我远离 11 月的那个昏暗日子。我一次次翻动书页，间或回想着那个冬日下午。远方，云雾弥漫，只剩白茫茫一片；眼前，草地已经湿透，灌木在风雨中矗立，雨一直下，在狂风的长啸声中疯狂肆虐。

没有比这莽荒的沼泽更不耐用，比这"狂风的长啸声"更流行的事物了。这充满激情的状态无比短暂，驱使我们急迫地含糊地读完，我们没有时间思考琢磨，也无法将目光从书页上挪开。我们专注至极，就算有人在屋子里踱步，我们也会觉得那动静来自荒远的约克郡，而非我们的屋子。作者拉起我们的手，执拗地把我们带上了她前进的路，要求我们观察她所见到的一切，她不会远离我们，也不会遗忘我们。最终，我们臣服于夏洛蒂·勃朗特的卓越才华、朝气蓬勃与义愤填膺。独特的外貌、清晰的轮廓、乖僻的模样从我们眼前闪过；不过，他们是我们透过她的双眼看到的人物；她离开之后，他们就踪影难觅。一旦回忆起罗切斯特，我们就会自然地回忆起简·爱；莽荒的沼泽浮现时，简·爱也会同时浮现；还有那个会客室[1]，"同样有印有艳丽花环的白色地毯"，"巴黎流行的灰白色壁炉台"以及镶嵌在壁炉台上的透亮的波希米亚纹饰所散发的"红宝石"之光，还有屋内"雪火交融出的光彩"——若是失去了简·爱，这些又有何意义呢？

简·爱这个人物的缺点显而易见。她一直在做家庭女教师，又始终在追求爱情，可身处的世界里却没有那么多教师和恋人，所以她带有严重的局限性。相较于带有局限性的简·爱，托尔斯泰或简·奥斯汀所塑造的人物则更加立体多彩。他们不仅存在，而且还受到了那些真实反映他们存在的诸多人物的影响，所以他们是复杂的。不管作者有没有提供庇护，他们都悠然自得，至于他们的世界，在我们看来，既然已经被他们搭建起来，便意味着那是一个允许你我参观的独立世界。就个人能力与创

---

[1] 夏洛蒂拥有与艾米莉·勃朗特如出一辙的色彩感。"……我们发现——它实在太美了！那是个流光溢彩的地方，有白色的地毯、椅套与桌布，有镶有金边白色天花板；天花板中间垂着一束由银链连接的玻璃坠，它们在柔美的烛光下熠熠生辉。"（引自《呼啸山庄》）"但是，这只是一个华丽的会客室，而在它内侧还有一间卧室，同样有印有艳丽花环的白色地毯，有白洁的天花板；天花板上压铸有同色系的葡萄及藤蔓纹饰，下方是对比鲜明的深红色睡椅与床榻，而巴黎流行的灰白色壁炉台上镶嵌着晶莹剔透的红宝石般的波希米亚玻璃；几面硕大的镜子在两扇窗户之间反映了雪火交融的光彩。"（引自《简·爱》）——作者原注

作视野而言，夏洛蒂·勃朗特类似于托马斯·哈代，都不算广泛。不过在别的方面，两个人天差地别。我们在翻看《无名的裘德》这部作品时，不会那么心急火燎，我们会陷入思考，任思绪飘离正文，沿着蛛丝马迹四下散开，在人物四周营造出一种追问与建议的氛围，在这个方面，他们通常难以意识到。他们是本本分分的农民，只能被安排去与命运博弈，去面对那极具内涵的问题，所以在哈代的作品里，最举足轻重的人物几乎都是无名小卒。夏洛蒂·勃朗特好像不具备这样的特殊能力与探索的好奇心。她并不想触碰人生命题，甚至尚未意识到它的存在；她的力量因为过于压抑而变得猛烈，最终全部被释放到决绝的声明里："我在爱着""我在恨着""我在痛苦着"。

那些自我的、受限的作家拥有另外一种力量，可以将更宽泛、更包容的观念束之高阁。他们的印象被限制在狭窄的墙壁之间，并带有明显的作者印记。他们大脑的产物也都透着他们的影子。他们从其他作家那里学到的东西少之又少，而且无法吸收被他们看重的那些。看上去，无论是哈代还是夏洛蒂·勃朗特，其风格都是建立在一种有教养、有限制的报刊文学上。他们似乎驾驭不了散文风格，因为大体上显得很粗拙。不过，在辛勤的创作与坚固的整体性下，他们反复斟酌种种思想，直至笔下文字变得顺服，和思想完美融合；他们创造出一种合乎其思维模式的散文风格，而它拥有与众不同的美、敏感与力量。尽管夏洛蒂·勃朗特博览群书，但她却受益甚少。她掌握不了职业作家对文字的支配能力：行云流水、肆意堆砌、随心所欲。

她说："我永远都做不到自在地与那些温和、缜密、强大的头脑打交道，无关乎性别。"这看起来像是在外省杂志上发表文章的首席作家所写；然而，她聚集起力量，加快了速度，借着自身的权威性宣布："时至今日，我已经穿越了传统的保守态度所营建的外部工事，迈进了自信的大门，在他们内心世界里的炉火旁坐了下来。"她坐在那里，内心世界那绯红的闪耀的火光映照在她的书页上。换句话说，我们对夏洛蒂·勃朗特的小说感兴趣，不是因为她观察到了人物身上的细节——那些人物虽然生动却很潦草；不是因为她写出了喜剧感——那些作品既严肃又豪放；也不是因为她对人生的哲思——她的父亲不过是个乡村牧师；我们选择她，是因为她的作品充满了诗意。这是一种令人无法拒绝的特性，而凡是拥有这种特性的作家都如我们在生活中所说的：只需打开一扇门，让你我感知到他们的存在，便会受到欢迎。他们心里蕴藏着一种叛逆的、汹涌的力量，而它一直在与那些为人接受的事物的秩序对抗；这令他们急于创造，而非等待观望。这种创作的激情清除了部分次要障碍与某些阴影，绕开了普通人的普通活动而蜿蜒前行，并让自己与作者难以表述的激情联系在一起。他们因此而成了诗人，或许，他们要是愿意采用散文风格的话，便会忍受那力量的束缚。正因如此，艾米莉与夏洛蒂常常向大自然求助。姐妹俩发现，她们需要找到某种更具力量的强大象征，用超越语言与行动的方式揭示人性中潜藏的各种宏大的激情。《维列蒂》是夏洛蒂笔下最杰出的作品，以一场暴风雨作为结束。"夜晚来临了，天色渐暗——从西边驶来一艘破旧的船，云彩瞬息万变，姿态各异。"如此这般，她借大自然之力展现了一种心境，而除了这样，她别无他法。不过，她们对大自然的观察没有桃乐赛·华兹华斯那么精准，也没丁尼生那么细致。她们把握住了这片土地上与她及笔下人物的情感最贴近的东西，所以她们描绘的沼泽、风雨以及令人喜爱的夏日晴空，不是乏味处的装点，也不是自身观察力的修饰——它们延续了某种情绪，透露了作品的意义。

说到作品的意义，通常都不会存在于事件或谈话之中，而会存在于作者与不同事物的关联之中，由此可见，意义是很难把握的东西。在勃朗特姐妹身上，这种情形尤为明显。对于具有诗人气质的作家而言，作品的意义与其文字风格是休戚相关的，至于那意义本身，可以说是一种特殊的观察，但更像是一种情绪。相较于《简·爱》，《呼啸山庄》更令人不解，原因在于艾米莉的诗人气质比夏洛蒂更胜一筹。夏洛蒂在创作时，总以热烈、浮华、强势的话语宣布："我在爱着""我在恨着""我在痛苦着"。尽管她的经验是强大的，但终归没有超出我们经验所处的水平。可是，《呼啸山庄》里是没有"我"的。我们看不到家庭女教师，看不到雇佣者；我们能看到爱，可它又不是爱情。艾米莉的激情来自某种更宽泛的思想——创作的内驱力，而不是所遭受的伤痛与苦难。她将目光投向外部，望见一个支离破碎、浑浑噩噩的世界，于是，她感受到了内心的力量，想用一支笔缝合那破碎的世界。在这部小说里，她自始至终都在展示这种远大的志向——更是一场斗争，尽管受挫却始终自信，她塑造的人物不是用来说"我在爱着"或"我在恨着"的，而是用来倾诉"我们，全人类"以及"你们，恒久之力……"这是一句还没说完的话，她欲言又止，但我们可以理解；这是惊人的事，她让我们完完全全地感受到了她的心声。它被藏在卡瑟琳·欧肖吞吞吐吐的话语里："假如毁掉别的一切而只留下了他，那么我会继续活着；假如毁掉他而留下别的一切，那么宇宙就成了陌生的地方，而我也不再是其中一部分了。"逝者就在她眼前，而在她诉说时，那种思想再次闪现："我发现了一种世间与地狱都无法入侵的安宁，我洞见了一种对那永恒的、无止境的、光明正大的来世给予的保障——他们已经抵达恒久的来世——在那个世间，生命是无限的；爱情是圆满的；快乐是无穷的。"一种力量躲在人性的幻象背后，将那些幻象高高举起，而对这种力量的暗示让这部小说脱颖而出，拔地倚天。但是，艾米莉·勃朗特想带给我们的远不止几首抒情诗、一阵呼喊与一种信念。这些她在写诗的时候已经做到了，而她的小说很可能不如那些诗歌流传得久。她不仅是诗人，还是小说家。她不得不让自己担负起更艰巨的任务，尽管可能会劳而无获。她不得不观察其他各种生活方式的真实面貌，不得不对抗客观事物所引发的机械论，不得不以具有辨识度的形式来修建农场与房屋，还不得不转述除自己之外的独立个体所发表的言论。我们的情绪攀上了最高峰，却与那些狂傲、夸张的言辞无关，而是因为发现一个小女孩坐在树枝上，一面摇晃一面独唱过去的歌谣；成群结队的羊在荒原上吃草，而微风轻拂着草地。农庄里的生活及其所有荒诞的传闻都历历在目。我们有充足的时间来比较《呼啸山庄》与现实中的山庄，比较希刺克厉夫和现实中的人。她没有阻止我们提问：这群完全不同于普通人的男女是怎样体现真实性、洞察力以及更美好的品格的？但是，就在我们提问的同时，我们在希刺克厉夫身上瞥见了那位女性天才作家对她兄弟的印象；我们觉得没有人能写出那样的人物，可事实上，我们在文学作品里找不到任何比这位少年更鲜活的形象。同样的情况还发生在卡瑟琳母女身上，我们认为，再无其他女性会像她们那样去感受、去行动。不管怎么说，她们堪称英国小说里最为人所爱的女人。艾米莉仿佛具备一种力量，可以撕碎我们辨识人物时所需的所有外部标签，而后再将一股无比强大的生命气息注入无形无影的幻象里，并让它们成为超现实的存在。那力量比任何其他力量都稀有。她可以让人生与现实基础分离开来，可以用三言两语让内在精神浮现于脸庞，而无需身体的帮助；可以在描写莽荒的沼泽时，让我们听见咆哮的风声与轰然的雷鸣。

小说
的艺术

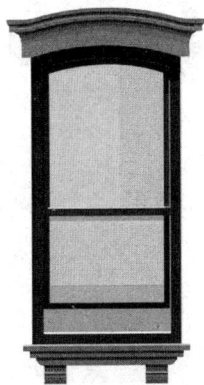

小说仿若一名女子，一位不知为何深陷泥淖的女子，而倾慕她的人们一定经常这样想。曾几何时，为了救出她，无数豪绅骑马赶来，而一马当先的便是沃尔特·雷利爵士，然后是珀西·卢鲍克先生。不过，这两位都采用了过于繁缛的方式，让人感觉到他们虽然颇为了解这名女子的情况，却始终无法亲近于她。接着，福斯特先生赶来了，他虽然对她不太了解，但不得不承认，他与她一见如故。他没有某些人所具备的专业知识，却享受到了恋人般的特权。他在卧室门上敲了一下，便见到了身着睡衣、穿着拖鞋的她。他们将椅子挪到火炉前，悠然、机智、幽默地交谈，如同一对不会再产生幻想与错觉的故交，尽管那间卧室其实是一个教室，位于庄严的高等学府——剑桥大学。

　　福斯特先生落落大方的举止绝不是轻举妄动。他不认为自己是学者，同时也不想伪装成学者。这便为那位主讲人提供了一个谦虚、便捷、有效的视角。用福斯特先生自己的话来说，他"将英国小说家们幻想成在诸如大英博物馆阅览室之类的圆形房间里一起写小说的一群人，而不是在时光中随波逐流，一不小心便会被卷走的那群人"。事实上，他们很看重时代性，并因此坚定地认为创作不分时代。理查森说自己属于亨利·詹姆斯时代。威尔斯的笔触与狄更斯难分你我。身为一名小说家，福斯特先生对这种事情一点儿也不在意。经验告诉他，作家的脑袋就是一个没有秩序、颠三倒四的机器。他很清楚：他们并不会过多考虑创作方式；他们几乎彻底遗忘了一位位前辈；他们专注于自我感知而不可自拔。所以，他无比崇拜学者，同时又十分同情那些笔耕不辍、蓬头垢面、心烦意乱的人。他并没有居高临下地俯视他们，而是如他所说，在路过时，他的目光从他们的肩头越过，识别出某些在他们脑海里屡见不鲜的思想与形态，而这与他们的时代无关。从人类开始讲故事起，故事就包含着一些万变不离其宗的因素；他称它们为故事、人物、情节、幻想、预言、模式及节奏，并对它们进行了研究。

　　一路走来，福斯特先生颇为轻松。他有很多判断值得我们讨论，还有很多想法值得我们反复研究。除了善于讲故事，司各特再没有别的特长，而故事位于文学系统的最底层；对于爱情，小说家流露出的造作的偏见大多源自其创作时的思想状态——我们几乎可以在任何一页上看到类似的意见或暗示，它让我们暂停阅读，陷入思考或提出建议。福斯特先生从不会让自己的音量超过普通交谈的大小，他深谙说话的技巧，可以让自己的话轻易地钻进你的心里并在那里徘徊，如同在一汪深潭中绽放的日本鲜花。不过，尽管他的话深深地吸引着你我，但在某些理应停顿的地方，我们还是要收起脚步，要求他停下来谈谈意见。原因在于，假如小说真如我们所认为的那样遭遇了"瓶颈"，那或许是因为没有人抓紧她，并将她限制在严格的范围内。为她，人们不仅考虑很少，而且也没有制定规则。尽管规则未必正确，而且必然会被打破，但它们并非一无是处——它们依附于她，为她带来了秩序与尊严；在它们的准许下，她在文明社会里拥有了自己的地位；它们证明了，她值得我们反复思索。但是，福斯特先生明明白白地拒绝了这部分职责——假如这件事由他负责。除非是意外，他没有涉足小说理论的想法；他甚至不确定批评家们能不能靠近她，即便能够，他也不知道自己应该采用什么方式去批评。我们只能把他安排在一个能让他的立场为人所见的地方。想要达到这个目的，最佳的方法大概是简洁地引述他对梅瑞狄斯、哈代与亨利·詹姆斯这三位伟大作家的评价。梅瑞狄斯是一位被揭开了伪装的哲学家。他所感知的大自然"丰富而松弛"。在严肃或崇高的时刻，他是不可一世的。"他在小说里虚构了很多社会价值。裁缝未必像裁缝，板球比赛未必是板球比赛。"相较而言，哈代更加伟大。不过，在小说家里，他不算成功人士，毕竟他塑造的人物"太迎合情节；除了受乡村影响的个性之外，他们已丧失了活力，看上去既苍白又简单——他的表现形式无法承受他对因果关系的注重"。亨利·詹姆斯在狭窄的美学之路上探寻，并最终功成名就。那么，他的代价又是什么呢？"在隐藏起大多数生活场景后，他才开始创作小说。除了残疾生物，没人能在他小说里自由呼吸。在他笔下，人物太少不说，线条也不够丰富。"

现在，让我们来瞧瞧这些观点，并将那些被福斯特先生赞同及忽视的事物集中起来观察，不难看到，就算我们无法用一条准则来约束他，至少也可以指出其视角的局限性。有一种东西——我们姑且含糊地说——在他口中名叫"生活"，是他用来衡量梅瑞狄斯、哈代、詹姆斯等人作品的尺子。他们的缺憾始终与生活有关。对于小说而言，美学观念与人性观念是相对的。人性观念一直要求"将人性渗透到小说去"，要求"小说里的人物应该有众多表现机会"；以生活为代价取得的成功，其实是另一种失败。因此，他对亨利·詹姆斯做出了无比严苛的评价。在亨利·詹姆斯的小说里，存在某些与人无关的东西，譬如某些模式，尽管是美丽的，却不符合人性。福斯特先生指出，亨利·詹姆斯不重视生活的结果就是自我毁灭。

不过，如饥似渴的学生们大概会问："那个名叫'生活'的神秘、自负，反复出现在小说理论著作里的东西到底是什么？它为何会在茶话会上出现，却又无法在一种模式中找到？为何《金碗》中的模式所提供的娱乐价值，比不上特罗洛普笔下那位女士在牧师家里喝茶时所激发的感情价值？很明显，对生活的这种定义太草率了，理应进行一些扩展。"对于这些问题，福斯特先生的答案可能是，他从未制定过什么标准：在他看来，小说是柔和的，而不是如其他艺术形式那般锋芒毕露；他在说自己感动于什么，又不屑于什么。事实上，除此之外找不到别的标准。所以，我们又一次被困住了。无人知晓评判小说的标准是什么，无人懂得小说与生活之间的关系，无人能说清小说之于自己的影响。我们能依靠的只有本能。在本能的驱动下，一位读者认为司各特只是讲故事的人，而另一位读者则视他为伟大的传奇小说作家；一位读者感动于艺术，另一位读者感动于生活。无关对错，谁都可以基于自身观点搭建理论的纸屋，而且多高都行。然而，相较于其他艺术形式，小说更能恭敬地、亲密地遵从目标——为人服务——的指引，而这促使福斯特先生产生了一种更深刻的想法，并在理论专著中对它重新做了阐释。我们不必详谈小说的种种美学因素，毕竟它们过于单薄，直接略过也不会有任何风险。我们无法想象，一本绘画专著可以毫不谈及画家表达创作的工具，然而尽管如此，只用寥寥数语介绍小说家的表达工具，并不影响福斯特先生写出充满智慧、灿烂夺目的小说专著。他在专著中鲜少提及与小说有关的文字的运用。一位读者在没有读过相关小说的情况下，可能会觉得：某句话在斯特恩眼中与在威尔斯眼中没什么差别，而且还被用来服务于相同的目标；可能会认为，《项狄传》的语言表达并没有锦上添花。类似的情况同样适用于别的美学因素。如我们所见，小说的模式虽然为人所知，却备受谴责，因为它通常都会挡在人性特征的前面。人们看到了美，却又怀疑她的出现。她的模样是那么诡异——"小说家的目标永远都不应该与美扯上关系，尽管无法捕获美便注定会失败。"——不过，在这部专著最后几页颇为有趣的章节里，福斯特先生简单地论述了以节奏形式再现美感的可能性。另外，他将小说比喻为某种寄生生物，吸取着生活所提供的养料，作为回报，它需要生动地再现生活，若非如此，它就会灰飞烟灭。在诗歌与戏剧里，文字被允许背叛生活，只为激发兴奋感与刺激感以及加强美感；但是在小说里却不同，文字只能服务于生活，用来刻画茶壶或哈巴狗，一旦远离了生活便会被视为内容贫乏。

在评论其他形式的艺术作品时，"非美学"的态度是罕见的，但在评论小说时，它常常出现。这个问题无比复杂又很难解决。我们在阅读时会感觉，一本书正在消失，好似一阵烟，又好像一场梦。我们怎么可能学着罗杰·弗赖依先生的样子——他用魔法杖一点，眼前图画就自动呈现出了色彩与线条——手握小棍，点击逐渐消失的书页，让各种关系与乐曲自动出现？更何况，一部小说在徐徐展开的同时会唤醒无数种人类所拥有的普通情感。将艺术强塞到这样的关系里，看起来有些冷漠和严肃。这或许会损害评论家形象，毕竟他也是处于各种家庭关系中的感性的家伙。所以，在画家、诗人、音乐家们接受批评的时候，小说家却没有受到苛责。人们会议论他塑造的人物，审视他的道德，甚至查证他的血统，却不会评判他的文字。时至今日，所有健在的评论家都不认为小说是一种艺术形式，也没有用鉴赏艺术品的目光来打量她。

福斯特先生的暗示有可能是对的，评论家们没有错。起码在英国，小说还无法跻身艺术品行列。我们说不出还有哪部小说能与《战争与和平》《卡拉马佐夫兄弟》《追忆逝水年华》相提并论。不过，在直面现实的时候，我们却无法不提出最后一种推测。无论是在法国还是在俄国，人们对待小说的态度都是严肃又认真的。足足耗费了一个月，福楼拜才找到了形容一棵洋白菜的最贴切的短语。托尔斯泰对《战争与和平》做了七次之多的修改。他们的伟大成就既得益于他们的苦心造诣，又有赖于所受的严苛评价。在英国，批评家们若是对家庭观念不那么感兴趣，若是不那么勤勉去维护生活——他们这样称呼它——的权利，那么小说家们可能就会更加勇敢。他们会抛弃那张反复出现的茶桌，不顾那些看似合理却荒谬至极的日常活动，而种种这些一直被视为可以代表人类的整个冒险生涯。若是如此，故事或许会摇摇欲坠；情节或许会混乱不堪；人物或许会全数被毁。总而言之，小说或许会成为艺术品。

这便是福斯特先生想让我们触碰到的梦想。他在这部专著里鼓励了梦想。至于那位令人同情的女子——我们心怀未必正确的骑士精神，坚持用这样的方式来称呼小说这门艺术——再也看不到比这部专著更具启发意义的论述了。